田耳

作品

环线车

上海文艺出版社

# 目录

## 蝉翼
1

## 环线车
63

## 你痒吗
127

# 蝉翼

輶軒

1

那时候我住在一处建在山腰的房子里。山腰有一溜规矩的复式楼，其整齐的样子犹如朵拉的门牙。每套复式楼都有两层，但面积很小。人们叫这一排楼叫长城楼，有十三套。我住在最后一套。顺路走到尽头，有个独立的院门，用钥匙拧开了，迎面扑来浓重的鸡粪味。那时候我是个养鸡的，也就是说，饲养员。老板租下长城楼最靠里的一栋，以及后面十来亩坡地。种了一百多棵猕猴桃树苗，说是良种。这种藤本植物的茎蔓暂时还不能攀满架子，形成荫翳。

我只给小谢和朵拉打过电话，告诉我现在在什么地方，干着什么。他们有时到我这里坐一坐。小谢不喜欢这里，再说他刚找了个女朋友，所以不能像以前一样，没事就跟我泡在一起。朵拉是一个比我更寂寞的人，她经常来我这里，跟我扯一扯白，看看我喂养的斗鸡。她觉得那些鸡很丑，实在是太丑了。她说，要是你把这种鸡炖了，我肯定不吃的。我说这鸡死了没什么吃头，活着却是赚钞票的机器，老板专门开私车到越南和泰国买来的，便宜的都要几千块钱一只。她吐了吐舌头，说，打架吗？我点了点头。她很快得出一个结论：这些鸡长得难看，待在一起谁看谁都不顺眼，所以会打起来。她觉得这是一种很深刻的见解，说出来以后就得意地笑了。我想，也许是这样；再者，这也是朵拉一贯的思维方式。

　　来了几次以后，她能够理解我为什么选择当饲养员，而不是进入乡镇的卫生所。以前我们那个班上的同学，十之八九都蹲进了卫生所里，然后日夜等待着进城的机会。养鸡的工作很轻松，虽然有些枯燥，但是相当省心，不会有人找麻烦。

　　当朵拉在乡卫生所给一个妇女注射青霉素，惹出好大一堆麻烦后，她就觉得我的选择很明智。

　　皮试显示正常，她只不过有些晕针，想敲点钱。她家很穷，简直穷疯了，要是年轻漂亮一点，她说不定会去卖。朵拉被这件事打击得不轻，讲话刮毒，不符合她一贯的较淑女的形象。我能理解她的心情。为这事她赔了几千块钱，从我这里借了两千——她不想让她父母知道。这也是让我觉着迷惑的地方，她这样还可以撒撒娇装装嗲的年纪，却能打脱门牙往肚里咽,还能把事情隐瞒得密不透风。但我记得几年前的一天,她跟班主任老普请假,老普没有批,她就哭了。她坐在教室靠后的一张椅子上,憋了憋,没憋住,终于哭出声来。

当时我正好掏得出两千块钱,那是一个月的薪水。她装出很羡慕的样子,说,一个月能有两千,真不错。当时我的同学下到乡镇,月工资五六百。我有自知之明,这样的工种即使钱再多一点,也不至于使人羡慕。朵拉的男朋友杨力再过两三年,研究生毕业以后,一年能挣下十来万。

我告诉她这两千块钱也不好挣,这种鸡不光是喂养,还得一只只搞体训。正因为我有医护资格证,才最终拿到这份工作。可以说,这些鸡享受的医疗保健水平相当于县团级干部,蜂王浆脑白金天天都有得吃,通常拌在精饲料里,隔三岔五还打一针人血白蛋白,增强免疫力,并蓄养体能;偶尔也打睾丸酮、丙胺酮之类的性激素,进一步激发它们的雄性和斗性。拿去打架之前,会注射士的宁或者丙酸诺龙,让它们兴奋无比,斗志昂扬。——斗鸡协会前一阵还在反复讨论,要不要在斗架之前,给鸡们搞一搞尿检。

朵拉用嘴唇吹出一串颤音,这表示她很惊讶。她问我,那这些鸡配种的时候,你会不会给它们服用伟哥?

这以前倒没有想过,但可以给老板提提建议。我说。朵拉忽然又说,以后要什么药,到我那里买,让我也提一提成。我说行,送个顺水人情。你们那里有伟哥卖吗?买

5

一点，有时候我也搭帮这些鸡用几粒试试。她说，哪有？我们是乡卫生所。

她想看看我是怎么给斗鸡搞体训的。我说少儿不宜，她更来兴趣，她说，我什么没看过？还能有什么不宜的？

是呵，我想，我们这些在医专待过六年的人，还有什么少儿不宜的东西没看过？但我给鸡搞体训的办法不是在医专学得到的，全靠自个摸索。我先是找来一只母鸡，用大竹罩罩住。再把一只斗鸡捉来，往竹罩外一扔。斗鸡眼力不太管用，待了分把钟才看清竹罩里面是它日思夜想的母鸡，于是做出扒骚的动作向母鸡靠拢。两只鸡被竹罩隔开了，斗鸡当然不死心，围着竹罩一圈一圈转了起来，不知疲倦。它估计不出来这竹罩的直径有多大，可能老以为，前面不远的地方会有一个豁口，可以钻进去。

那只斗鸡跑了好多圈，还发出痛苦的低鸣。我哈哈哈地笑了。虽然每天都看得到这样的情况，我还是会被鸡们逗笑。它们一脸焦躁和无奈的样子，是赵本山他老人家都表演不出来的。我以为朵拉也会笑。但是我想错了，她没有笑。她说，太残忍了，你太龌龊了，能想出这样的鬼主意。她看着我，表情古怪。我忽然记起来，我们第一次去看解剖好的尸体标本，她脸上也浮现这样的表情。很多女生哕了，但朵拉直直地看着尸体，摆出这样的表情。她用当年看尸体的眼神看着我。

不远处一个食槽冒出一只黑乎乎的老鼠，朵拉眼尖，看见了老鼠，发出尖叫。她的尖叫使她恢复了作为一个淑女的样子。我读到一份时尚杂志上刊载的《淑女手册》，首当其冲的一条就是：见到老鼠要尖叫，不管你怕还是不怕。

为什么？

我没有问朵拉。

我告诉朵拉，有一回我坐在窗口那个地方，用弹弓枪打下一堆老鼠，然后挑了两只个大的，每只怕有半斤左右，剥了皮，扔了一挂精致的下水，再熏成爆腌肉的成色，剁细了小炒。

吃着很嫩。我说。朵拉并不奇怪，说，我知道，应该很嫩。像什么味？是不是像鸡肉？我再次感到意外，本指望朵拉再次尖叫起来，说，多肉麻呵。依我看来，像朵拉这种长得带几分神经质的女孩，既然怕老鼠，就更不能说吃这东西了。我说，有点像黄牛肉，只是里面碎骨头多，吃起来更香。也要用芹菜炒，添些黄豆酱。下次我再打两只，到时叫上你和小谢，还有他女朋友，我们一块吃。我们先别告诉他两口子，吃完以后再公布答案。

好的。朵拉这么回答。

那天我忽然想起一件事。我又告诉她，有一天我看见一只鹦鹉飞到后山，落在一处食槽上，啄食谷粒。他说，你晓得，鹦鹉的嘴是弯的，看它们啄食的样子，我总是想笑。朵拉问，有什么好笑的？我说，因为我会想起老普。我也不晓得为什么，看见鹦鹉啄食，我就会想起老普。朵拉说，是吗？听说老普的老公被抓了，贪污。我说，肯定外面还养着女人。我第一次看见老普的男人，就知道他是个色鬼。

为什么？朵拉懵懂地问。

我说，他看你们女孩子，总是从中间看向下面，然后再慢慢地看向上面——喏，就像我现在这样。

记得那天，我想抓住落到食槽边的那只鹦鹉。我慢慢靠近它。它好像并不惧怕，肯定是被人驯养过，逃脱笼子后飞到这里。当我的手快捉住它时，它一个扑棱就飞了，在半空旋了几圈，又落到了食槽附近。

这只鸟有点呆。我说。

你抓住它没有？朵拉看着我。

于是我也看看朵拉的眼睛。朵拉不算漂亮，但她的眼睛很漂亮。纵是两只眼睛很漂亮，也改变不了这张分布着七个窟窿的脸。我想我有点遗憾，同时又对自个说，幸好她并不漂亮！

我告诉她，那天，我整整在食槽边待了四个小时，一次次地接近鹦鹉，一次次都只差一点点，甚至指头经常触摸到它绿色的羽毛，但不能捉稳整只鸟。天快黑了，有一次，我又把手伸了过去，本以为顶多只能摸到一些羽毛，和此前成百次的遭遇一样。结果这次我抓住了那只鸟，握了个满盈。我说，当时我的手有些哆嗦……

结果它又逃脱了，呵呵。朵拉自以为是地说，我就知道，你会这么说。

不，它没飞掉啊。我很高兴，终于把朵拉算计了一把。但她照样不吃惊，这种迟钝仿佛是天生的，要怪她父母。

我带她上到二楼，看那只关在笼中的鹦鹉。

前些天我拽着这只鹦鹉去到花鸟店买笼子，店主告诉我，这种鹦鹉不会学人话。我感到可惜，要不然，我想教这只傻鸟说，朵拉你好。或者说，朵拉，I love you。我甚至想，要力图让这只傻鸟的英语发音夹杂着佴城方言的腔调。

我想，如果朵拉想要，就把这只鹦鹉送给她。

2

我知道朵拉不是我女朋友，不需要别人提醒。我先认识杨力，然后才见到朵拉。那年八月，学校开学之前，小谢带着杨力来找我。我和小谢以前是同学，而杨力和小谢一直是邻居。我们就是这么认识的。杨力找我的原因，就是因为朵拉。他不放心，初中毕业以后他要去长沙读一所重点中学，但朵拉和我在当地医专的同一个班级。

你们谈两年多了？我嗤地笑了出来。那年我15岁，并由此推算他俩恋爱时才多少岁。我立即感到一种滑稽，喷着鼻息笑了。当时我还没有学会摆出一种较为正式的表情去面对这样的问题。

是这样，我们早就确定了恋爱关系，感情一直很好。杨力居然一点没笑，严肃得像学生会主席在指导新的学生干部开展工作。小谢坐在我旁边。他踢了踢我的脚。杨力的表情有些悲伤，整个人显得有20来岁，甚至更大一点。

他说出了担心的事情：外面的人都喜欢跑到医专来泡妹子……可能他觉得我不是很专心听他说话，所以沉默了一会，注视着我，问，知道这是为什么吗？

我不知道。我刚来，只知道哪所学校的妹子都有人泡，不光是医专。

杨力循循善诱地告诉我说，但医专不同。外面那些流氓都喜欢勾引医专的妹子，因为用起来比其他学校的妹子放心。医专的女孩，顺理成章地应该精通避孕。如果一个医专女孩不小心被搞大肚子了，不光坏了名声，还说明她智商有问题……

搭帮杨力的指点，我又明白了一个道理，对将要就读的医专产生了向往之情。当初中毕业要考中专时，我没什么想法。爷爷摇头晃脑地建议我去读医卫或者师范。凭他的经验，不管朝代怎么更迭，医生和老师这两样人都需要的。其他那些职业，我爷爷觉着政策性强，靠不稳。

我不想读师范。在我们那个乡镇，老师都活得很窝囊，还要分片去收学费。在农村，收一块钱学费都要花去几两唾沫。想想这些，我头皮就发麻，于是决定去读医卫专业。报考的这个专业要读四年，校方还承诺，中专毕业后再花两年，就给你发大专文凭，好歹算是一个大学生。

朵拉并不漂亮。因为杨力那天说话时悲哀的神情，在看到朵拉之前我隐隐充满着期待。头一天去到那个班，她主动来找我认识。杨力肯定跟她说到过我。她跟我扯起杨力，问我怎么认识杨力的。这个杨力老早就编好了，让我和他统一口径。我一边和她说话,一边想,杨力这个人是多虑了,他可能觉得每个男人都会在朵拉身上找到和他一样强烈的感觉。其实并不是这样,医专里漂亮的女孩很多,一抓一大把。这么多的漂亮女孩囤积在一起,她们肯定也滋生不了奇货可居的心思。

那六年里,我没有感到和异性相处的愉悦,而是老要担心,自己是不是女性化了?班上有五个男的,四十六个女的。由于性别比例的严重失调,班上女孩对我们的同化作用是显而易见的。自个时不时都能很清晰地感觉到,正说着话,不知从哪个字音开始,语调忽然就变软了,变黏糊了。然后女孩们会很得意地提醒说,你真变态。

于是,我们五个都商量好了,要相互提醒,相互监督,防微杜渐,不能让自己蜕变成人妖。

我记得,有好多个夜晚,我梦见身上长出了乳房;甚至有个晚上,我梦见自己生下一个孩子,血淋淋的,孩子哭的声音活像我外公没死之前每个晚上打的鼾。我惊醒过来,摸了摸胸脯,是很平的,于是松了一口气;再往裆里捞一捞,那东西仍然躺在原来的地方,多捞它几下,渐渐就挺直了起来。这样,我才完全放心下来。

我们几个男的对这样的环境有一种逆反,其结果是我们嘴巴子都变得很恶毒,一到寝室就淋漓尽致地用解剖知识去评点班上的女孩子,说得她们毫无隐秘可言。仿佛只有这样,才证明我们一脑袋都盘旋着男性思维;而那些女孩,如果有幸听到我们在寝室里的说道,搞不定颇有几个会昏厥过去。

有一天我们不晓得从哪本破杂志上看到这样一则文章，上面介绍女孩子性欲发作时候会有的一些举动。我记得其中一条，是说在公共的场合，女孩会佯装跷起个二郎腿，其实是紧紧夹着腿根，然后拿屁股在椅子上来回摩擦。那篇文章很快被我们五个男的都读了一遍，之后的那一个星期，大家根本就没有心思上课，全趴在桌子上，观察班上女孩下半身的情况。我们要找出谁是班上性欲最强的女孩。

我记得那个下午，第二节课，我趴在桌子上差点要打起瞌睡了，忽然被身后的小李拍了一巴掌。他指了一个方向，叫我往那边看。我一看，小李指着朵拉。朵拉跷起了二郎腿，正把身下坐着的那张骨牌椅摇得吱嘎吱嘎响。外面有一只蝉在鸣叫，掩去了这声音，如果不用心，就不会听到。

蝉的叫声是鸡——鸭——屎，稍一暂停，又是鸡——鸭——屎，如此循环不已，把整个秋后下午都弄得昏昏欲睡。在我们俚城，把蝉就叫做"鸡鸭屎"。

我也是看着朵拉臀部的运动，才能听见她折磨椅子弄出的响声。讲台上长相很神经质的老普正在教拉丁文，用拉丁文拼写出的药品名都十分冗长。我不晓得为什么要学这个，每一种药都有对应的中文译名。

朵拉还在摇椅子，时疾时徐，但中间没有间歇的时候。班上五个男的互相传达了以后，注意力都集中在朵拉的臀部，一直窃笑不已，因为这些天的蹲守终于有了结果。朵拉却懵然无知。她还在一个劲地摇啊摇，摇啊摇。

我忽然想，她是不是想起了杨力？除了杨力，她是不是想起了别的谁？

在我咸湿的梦中，班上好多个女孩都出现过，闹得我第二天见到她们本人时，有些愧怍，感到无颜以对。据此我想，朵拉在摇椅子的时候，肯定也不光想着杨力。杨力离得太远了，而近在身边、经常面对的人才容易成为性幻想的对象。

那天晚上他们忽然神神道道地看着我，还祝贺我，说看不出来，你一眼就盯上了王朵拉，原来是因为这个呀。我连呼冤枉，我说朵拉又不是我的女朋友。他们说，看啊看啊，朵拉朵拉的，从来就没见你叫她王朵拉，这么腻。

我无奈地看着他们，忽然憋出那么一句，清者自清，浊者自浊。他们抽疯似的笑起来，说你这个蠢驴，管她是谁的女朋友？个把男人肯定满足不了她的。说着，他们轮流拍了拍我的肩头，抛给我暧昧的眼神。

朵拉不是乐于交际的人，她在女孩子中间都显得形单影只，没有特别谈得来的。但她乐得找我说话，课间的时候，还有周末。她叫我陪着她去买东西。别人有什么误会，也是正常的。其实我们在一起的时候，她说得最多的还是杨力，杨力杨力杨力，完了还是杨力。我并不了解杨力，几年下来总共没见几次面。他在我头脑中的印象很模糊，只记得他这个人一年更比一年神经质。朵拉理解地说，那是在那所省重点中学，杨力压力很大。他成绩很好，定下的目标是北大或者清华。要上那两所大学，不玩命可不行。

　　朵拉经常要请几天假，班主任老普有些烦她。本来老普挺喜欢她，让她当这个班的班长。但朵拉请假次数太多了，又被别的女孩检举说，朵拉请假是去长沙看男朋友。老普就更不高兴了。她没有旗帜鲜明地在班上反对找男朋友（老普这么说的时候，仿佛这个班上的五个男学生根本就不存在），但不能影响学业。这是救死扶伤的事业，学业不扎实，以后弄死了人可不是开玩笑。

　　我一直想，为什么朵拉会这么频繁地去长沙？仅仅是见面吗？那次，目睹了朵拉摇椅子的激烈过程以后，我恍然大悟。想明白这个问题，不知怎么地，我有些难过。

　　幸好只有一点点，难以觉察到的一点点。

　　三年以后，杨力没考上北大清华，只超出湖南大学的录取分数一点点。杨力是一个挺要强的人，他咬咬牙，没去读湖南大学，而是另外造了一套档案，变成另外一个人，再复读一年。那一年朵拉去长沙去得更勤快了。听小谢说，杨力本打算回㑇城复读，但杨力的妈不同意，因为在长沙，能知道的高考信息要多一点，比在㑇城有优势。

　　朵拉每回去长沙，都会问我借一两百块钱。从长沙回来，很快地把钱还给我。她告诉我说，是杨力给她的。过了那一年，杨力就考上了清华。但朵拉的心情变得很烦躁。杨力将他们两个恋爱的事告诉了他妈，杨力他妈要见见朵拉。见了面以后，朵拉很明显地感受到，杨力家里的人对她很冷淡。

她跟我倾诉这件事时，我说，你想多了。也许杨力的妈是这种性格，听说一直在当什么领导……

宗教局的局长。她说。

我说，那就对了，天天跟和尚道士打交道，肯定得不苟言笑板着脸。再说你们的事还得放几年，她也不能一下子就把你认作儿媳了啊。

她说，你不知道，现在他考上大学了，他的妈就会更挑剔。

我说，那有什么，我们以后也可以有大专文凭。

朵拉就苦笑起来，她说，那差得太远了，就你还把大专文凭挺当一回事，敢把自个当大学生。他家里人肯定不会这样想，他家一家知识分子，文凭也能分个三六九等，清清楚楚。

我搞不清这些事，这些事比拉丁文还麻烦。那一年，我连大专和大本的区别都还很模糊，只知道少读一年书，就会少花一笔钱。在我老家苑头村，熬到中专毕业的都没几个。拿到大专文凭，对我而言，是能让颜面生辉的。

往后那两年朵拉变得很安心了，因为她不能随时请假去北京。北京比长沙远得多，要跨长江过黄河，途中要在襄樊和郑州转两道车。她越来越频繁地找我说话，她的话越来越啰唆，一件事刚说完就忘了，原模原样地再说一遍。她抱怨恋爱太早是很辛苦的事，七八年谈下来，就好像鸡屁股一样，食之无味，弃之可惜。

我没有帮腔，我嗯嗯啊啊，更多的是讲杨力的好话。

小谢到佴城办事的时候，找过我几次。当时他已经接他父亲的班，在一家信用社坐柜台。每一次他找到我，总要问我，是不是对朵拉越来越有想法了？我指天发誓说没有。我说，你听谁说了什么？小谢就笑了，说，小丁，看你就不是那样的人。我谦虚地说，我是蛮有自知之明的，你放心好了。

朵拉倒是老想给我介绍一个女孩子。她说，很快要毕业了，出了学校，可没有那么多女孩去选择。当时我们都二十了，很奇怪地，我竟然一直说不要。现在想想，在社会上才感觉得到僧多粥少的难处。

朵拉见我这么坚决地摇脑袋，也是奇怪。有一次她还不经意地问我，是不是，你喜欢上我了？

我想了想，说，也许吧。还君明珠双泪垂，何不相逢未嫁时。

她瞪了我一眼，说，谁嫁了？我不是还没嫁给杨力嘛。

哦？我说，那你帮我算算，我还有机会吗？

朵拉煞有介事地帮我看了看手相，然后说，机会可能不大啊。

我们在那所学校读了六年，很漫长。毕业以后她进到乡卫生所，而我成了一个饲养员，每天摆弄一堆丑陋的斗鸡。

3

朵拉喜欢阴天，还喜欢一连下好几天的雨。下雨天她会变得兴奋。

这是悖于常情的。从书上得来的知识是，阳光灿烂的天气有利于人体内5-羟色胺的合成，而这种物质可以让人变得愉悦。长时间的阴雨，5-羟色胺合成量急剧下降，人就容易变得忧郁。

伥城多阴，多雨，很少有接连几天的晴朗日子。长城楼的位置很高，大半个伥城铺在眼底。朵拉爱跑到二楼，坐在窗前看外面的云和雨。她星期六从乡卫生所回家，星期天会到我这里，待上半天，下午再到城郊搭农用车去工作的那个乡镇。从四月到八月，雨一直就不怎么断过。这段时间，朵拉来我这里最勤快。她跟我说，她家住在很低洼的地方，看着天空就像是从井底看上去的，让人感到很窒息。在我这里看就不同了，推开窗，云总是很近，雨下到伥城里面，在街面上汇聚并毫无方向地流淌，在河里一点点地涨起来，都可以看得一清二楚。

下雨的星期天，我就知道朵拉一定会来。有一天雨下得很大，下得很暴戾，我忽然就得来一种感觉：所在的小山头，成了一个孤独的岛屿。水在窗玻璃上肆意流淌，隔着这层漫漶的水看出去，外面一切影影绰绰。作为伥城标志的大钟楼，大体看得见一些轮廓，仿佛是天边的一种幻影。于是我怀疑，明天早上它还能不能在七点整准时奏响一曲《东方红》。

这天，朵拉还是来了。透过窗子，我看见一团紫红颜色正在向这半山腰蠕动。我认出那是她的伞。估计她要走到了,我就拧开外面的门。她有点惊喜,她说你今天肯定没上街吧?哎,我都帮你买了菜。这时我看见她梳了一个不可理喻的发型,像头顶顶了一截甘蔗,有三四个节把子,尺把长。她那天心情特别好,差不多好疯了。她当天的表情使我怀疑,那些电影里为什么老以阴雨作为语言去描述黯淡的心情?难道导演们看不出来,大雨里潜伏着一种狂喜的气质?

前一天的早上她接到电话,杨力通过了面试,九月份就要读研究生了。我这才意识到,杨力已经读完了大学,而我们毕业也已经两年。

她说她昨天一高兴,晚上肾就痉挛起来。她给自己打了一针阿托品。今天,她担心肾会再一次痉挛,所以还随身带了一支针剂和一支注射器。这几乎是班上所有同学的通病,身体稍有点不适,就会自个找药吃。

朵拉爬上二楼,守着窗子看外面的雨,像那天那样大的雨,我好像从未见过,晚上的地方台新闻,肯定有几条是关于泥石流和山体滑坡的。我在楼下洗了几串葡萄,还切了一个黄瓤的,吃着像脆黄瓜的西瓜,一齐端上楼去。她目不转睛地看着雨,而我坐在一张破旧的沙发上看着她的侧影。她的侧影比正面漂亮,而这种螳螂捕蝉似的欣赏,又让我仿佛想起了某一首小诗。

但那首小诗怎么写来着?我能记住几百首歌词,却记不住一首非常短小精美的诗。

她忽然回过头来,对我说,雨像是把我们困在这里。

说完她笑了。室外的光很暗,照进这间屋子就更暗,像是傍晚的情景。漫天盖地的雨声,突然让这间房笼罩了一重暧昧的色彩。

我看看朵拉,突然有了一种别样不同的心情。认识她八年了,还是头一次有过。但我什么也没有干。我以为我会干些什么,甚至一度以为自己有些失控,但醒过神来,我和朵拉还保持着四五尺远的距离。

我赶紧跑到楼下去弄饭,把她买来的几样菜弄好,还煎了一盘母斗鸡下的蛋。斗鸡肉很难吃,但鸡蛋特别的鲜嫩。我们喝了一点酒。她脸上有了酡色,话也多了起来。她说她想辞了工作,去北京陪读,做全职太太。她说,如果能找一个工作,那当然更好。我没有说什么,只顾吃菜。她说,小丁,你也一块去吧,说不定到北京也有老板请你驯养斗鸡。

我告诉她我不想离开这里,对那些特大的城市一点也不向往,并对削尖了脑袋也要挤进大城市的人有些反感。她很吃惊,问我为什么这样。

我说不出来。她却说,你要说。

当时我没去过任何一处特大城市,而且心里一点也不想去。我告诉朵拉,我骨子里向往一种单调的工作或生活,比如灯塔看守人,或者是在南沙的一个海岛上放哨。甚至,我还幻想过坐牢,单人牢,在里面抱一本很枯燥的书看,《鲁迅全集》还有毛选邓选什么的。我想,在那样的环境,任何书我都可以看得津津有味。

朵拉说，为什么有这样的想法呢？

我说，也许在那种地方，人可以活得轻飘飘的。有时候，我想生活在没有一个熟人的地方。碰见了熟人，憋不住会说话，但说话从来都是非常愚蠢的事。我最不想去人多的地方生活。大城市人太多了，走在路上，到处都是人，像鸡们随地拉下的粪便。

我说的话，也许唤起了朵拉心中的什么。她怔了怔，然后说，其实，我也不想去那些城市——你知道吗，走在北京的马路上，我随时都有一种紧张。离马路口近了，我就会想，要是在人行道上走了一半，前面忽然切换成红灯怎么办？如果突然切换了，我一个人站在马路中间应该怎么办？

我说，是吗？

到我们这里根本就不必要担心这些。朵拉又说，但你知道的，如果我们一直这么分开，就会有很多变数。我必须去他那里，守着他。是不是觉得，我，我们女人很可怜？

不，没有。

她擦了擦眼泪，但我没有看到眼泪是怎么流出来的。这时我听见外面响起了隐隐的雷声。雨声也照样底气十足。

我们收拾了东西又去到二楼，她主动问我要一支烟。我想了想，还是给了她。她抽烟的样子很明白地告诉我，不是头一次抽。

天色本来渐渐泛亮了，却又再次暗了下去。有新的雨云涌到了这城市的头顶，不断地堆积。我要开灯，但朵拉喝止了我。可能是酒精的作用，她嗓音有些凄惨，有些歇斯底里。她说，不要开灯。开灯的话，这雨肯定很快就会停下来的。

我躺在了床上，有点不胜酒力。她忽然又把我摇了起来，问我，小丁，你说心里话，有没有喜欢过我？

我想了想，真不知怎么回答。她自嘲地笑了一下，说，我长得是不是不太好看？我有些蒙，回答不出来。她又说，你放心，我也是随便问问，没有别的意思，更不是挑逗你。我也一直只把你看成是朋友，一般朋友。说实话，你长得不帅气，看着有些憨，好像笨头笨脑不太聪明，但其实你又蛮聪明。这并不好，长得憨的人应该笨一点，表里如一，才讨人喜欢。

朵拉说话像是在打机关枪，密集而且凌厉。我这才知道，原来朵拉还憋了这么多针对我的看法。我有些无奈，长这样子得怪我妈，跟我没什么关系啊。

我说，朵拉，你醉了。

她说，我知道。她一脸苦笑，问我她的发型好不好看。我说好，我甚至不敢说不好，虽然我觉得那是她所有发型中最让人难以忍受的。

她说，好是好，但这发型是人家王菲的。我问，王菲是谁。她说，白痴。下次我给你带一盘磁带，你听听她唱的歌。

雨下得稍微小一些的时候，她说要走，要搭车去乡镇。晚上她就得值班。她想了想，把那枚小号注射器和一瓶阿托品针剂搁在桌子上。她说,等下挤车难得小心,丢你这里了。你给那些鸡打过阿托品么?我说没用过。我脑袋一热,对她说,朵拉,我看我还是给你打一针。这药留在我这里没用,还是你自己用吧。

她稍稍迟疑了一下,竟然同意了。她坐在一张高脚凳上,慢慢地把裤子往下褪了一点,然后又褪了一点,我看见两团半月形的……臀部。我想来几个形容词,或者是比喻句,但我很清楚,那个部位不应该由我发表感慨。我闻见她身体的气味,非常浓烈。这气味和我体内的酒精搅和在一起。我浑身有了一种酸酥痒胀的感觉。我仿佛这才意识到,这是一个健康的浑身散发着热气不算漂亮但也绝对不难看的女孩,同我在一间光线晦暗的屋子里。如她所说,是雨把我们困在了这间屋子里。暴雨的声音,老是让我误以为,整个俚城只剩下我们两个人。

她提着裤头,看着那面墙。墙上什么也没有。她说,你——快点。

我发现她臀部将要受针的那片皮肤有些紧张,因用力而有了褶皱。这是一种对痛感的预期所造成的,针悬着没扎进去,她肯定会提心吊胆。我把吸进注射器的药水挤出来了一点,这样我的手才不会颤抖。窗外的雷声近了一点,我听得出来,当闪电以后马上就听见雷声,就说明它离得很近。

她担心地说,你会打针吗?
我说,开玩笑。

我给她打了一针,她感觉很好,说,你打得不错,比我差一点,但比好多护士强。——就像是被一只蚊子叮了一下。

我顺着她的话说,我整个人都想变成一只蚊子,把你叮几下。

去你的。她理好裤头(她穿那种没系裤带,拉链开在后面的裤子。说老实话,我老在担心这裤子会突然滑脱下来),笑吟吟地说,我走了。

4

在老板的逼迫下,我很快学会了开车。年底他又要去越南挑选斗鸡,会把我带上。这样,一路上我就得和他换着开车。

那天我拿到了证,一高兴把车开到了朵拉所在的那个乡镇。这个乡镇不大不小,没逢集,人很少。我走进卫生所的门诊部,看见她在里面那间房,正在对付一个八九岁大小,胖得像红烧狮子头一样的小男孩。外面那间房有一个中老年妇女,她问我哪里不舒服。我正要回答,朵拉朝外面睨了一眼,抢着回答说,找我的。

她用眼神示意我等她一下。

那个胖小孩浑身长满了水痘子,看着像出天花,其实不是。朵拉正用针刺在小孩身上挑破水痘,一粒一粒地挑,然后抹上药膏。那是很笨很费事的活,但具备足够的耐心,是对一个护士最起码的要求。朵拉弄了半个钟头，其间仰起头对我抱歉地笑了几次，让我觉得今天来得不是时候。她挑完了小孩身上的水痘，又跟小孩打商量说，把裤子脱掉，看里面有没有水痘。小孩不让。他这样的年龄，稍微懂得些羞涩，知道裤衩里那条毛毛虫一样的东西是不好让女孩子看的。朵拉佯作恼怒状，说，文文不乖，病就好不了。小孩仍然捂着裤头，憋红了脸，不让朵拉看他裤衩里面的东西。

朵拉嗤地一声，说，不看就不看，水痘子脏死了，还要有阿姨愿意帮你挑。

小孩松了一口气，把手从裤衩上放了下来。朵拉却突然蹲了下去，扯开小孩的裤衩，并且说，喔唷，你看你看，小鸡鸡上都长了水痘，真不知你是怎么搞的。

我在后面看得很清楚，朵拉的伎俩我都看到了。这几个动作她做得一气呵成，以致那个小孩还在发蒙，蒙完了也没有太多地难为情。朵拉自然而然的表情和连贯的动作让小孩没有受窘。而我却在一旁看得奇怪，难道这就是几年前那个请不了假就会哭的朵拉？她身上已经具备了一个妇女才有的泼辣劲，做起每样事情老显得诡计多端，经验十足。

她捏着小男孩的小鸡鸡，挑破了两个水痘，挤出里面的脓，再涂上药。做完这一切，她无奈地看了我一眼，说，是不是比你那些斗鸡要难伺候？你问问你们老板还要人不咯，我也跳槽帮他养鸡算啦。

她请我吃的饭,之后她跟着我回到侗城。她家在四十里外另一个镇子上,我说送她回去,她说今晚不回去,就待在侗城算了。我吓了一跳,以为她会睡在我那里。

朵拉笑了,仿佛看穿了我。她说,你以为什么,我要去小兰那里,小兰给我打电话,说她准备嫁人了。也许她要我帮她做些什么。

我暗自笑了,把她送到小兰家的门口。小兰不让我走,要我进她家去和她爸爸喝点什么。我走不了,只好进到里面。小兰的爸爸一看就是每天都要几杯的角色,鼻头很红,看着人时显现出一副老眼昏花的样子,其实年纪并不太大。

他招呼我坐下,并问,你们两口子结婚了没有?我正要说什么,朵拉却说,快啦,伯伯,等小兰结了婚,我们后脚都跟上。小兰的爸爸很高兴,说,结吧结吧,都结婚了算了,别拖到肚子里有了毛毛才非结不可。

我知道他说的是小兰,要不是小兰肚皮已经逐渐显山露水,掩饰不住,按惯例是不会在阴历的七月结婚的,那个月要过鬼节。

我看了朵拉一眼,朵拉却和小兰相视而笑。接着小兰诡谲地睃了我一眼。

过得不久朵拉把两千块钱还给了我。她把钱送到我住的这山上,还告诉我说这钱可不是一般的钱,是杨力的一篇论文在美国的什么杂志上发表以后,赚来的美元兑换的。我蘸着唾沫把钱狠狠地数了一遍,撮响每一张钞票,说,不也是老头票嘛,一张又不能当做两张花。她说,小丁,你嫉妒了吧？

她建议我去买一台碟机，这样可以借一些片子，看着打发时间。我当时没打算这么做，但后来还是买了一台。当时一台VCD机还要一千多块。但碟片挺多，一套香港的连续剧只要十来块钱，我能用一两天看完，看得眼睛都乌了，感觉还是很过瘾。我长得有点像欧阳震华。这让我颇有点自鸣得意，因为此前我可没想到，就长了这副模样也能混成个明星，听说还是当家小生。于是我专门去找欧阳震华演的电视剧看，他演的可真多，我一天到晚地看都看不赢。

朵拉什么时候进来的，我不知道。我看着片子，看着看着就睡了，底下的两重房门都没有关。朵拉上来之后，直接进入了我这间房。她看了看桌面上那些散乱的碟片，感到忍无可忍，揪着我的耳朵把我弄醒。她问我，你怎么就这口胃啊？

我说，我什么口胃？

草料口胃。她恨其不争地说，还口口声声地说你爱去清静的地方，喜欢离群索居呢，装出一派很有品位的样子，看的片子却全都是垃圾。

我不晓得这两者有什么不可化解的矛盾。我是想生活在人迹罕至的地方，但我也喜欢看欧阳震华演的片子。我喜欢他是因为我觉得他长得像我。

朵拉却说，以后别租这些电视剧了，我去给你借一些片子看。再这样下去，你会病入膏肓的。

我没想到有这么严重,简直耸人听闻。那天朵拉就随身带了一套碟片,我记不住名字。外国的,没有配音,但有中文字幕。我看着头疼,这些片子你稍一分神,就会看得一头雾水。

碟片磨损得厉害,放出来的效果当然差强人意,动不动就是铺天盖地的马赛克,向眼球砸来。

这个片子说的是一个已经上了年纪的人,一辈子就靠抢银行为生。奇怪的是,他虽然没被抓住,但一辈子总也发不起财,甚至很潦倒。有个人想接济他,给他数额不小的一笔钱,劝他不要再去抢银行。那个人说,你老了,不是抢银行的年纪了。但以抢银行为生的人拒绝了,他说,不知为什么,每当走过一家银行,就觉得那银行其实一直都等着他去抢。他又说,他别的什么都不会干,只会抢银行。抢银行是再简单不过的事了,只要拿出枪来,对柜台里面的人说,把保险柜打开,把钱放到口袋里去。就这样!

朵拉看得很投入,很认真。但我不。我时不时看看窗外,有一只蝉在叫,叫得很凄惨,像是预感到没几天活头了。这只蝉的叫声不断地阻碍了我对剧情的进入。朵拉时不时会发出情不自禁的低吟。当那个抢银行为生的人最终被击毙时,她尖叫了一声,嘴角还有些哆嗦。

你觉得怎么样?当片终的乐曲响起来,她这么问我。

我说,不怎么样。银行的老板看了这样的片子搞不定会起诉导演。一个人哪可能抢了一辈子银行都发不起财呢?这会让人觉得银行其实也挺穷,虚有其表,信誉不好。

你怎么岔到莫名其妙的地方去了呢？你真是的。朵拉有种对牛弹琴之感，眼神中透着失望。那只蝉又叫了。朵拉失望之余，才注意到蝉声始终混进那片子的背景音乐里。她向外看看，说，蝉是在那蔸树上。那是一蔸槐树，长在猕猴桃架的中间。朵拉说她看见了那只蝉，就在离树根四米高的树干上。那只蝉很肥！朵拉说，肯定容易捉住。

我说，我不会爬树。

朵拉灿烂地笑了，说，又没叫你去。她挽了挽衣袖。她果然会爬树，而且爬得很好，虽然有些慢，却是稳稳当当。我不知不觉走到了树下，没有作声，示意朵拉不妨踩着自己肩头。朵拉没有这么做，她把脚尖踩在凸起仅几公分的木疙瘩上，就能让整个人站稳。她很瘦。

这也是我想不通的地方。朵拉会什么不好呢，偏偏爬树爬得这么好。不过我不奇怪，她身上有一把这类的特长，让熟悉她的人时不时会惊讶。比如说，她打篮球打得好，在球场上很凶猛，是校队的主力。平时你根本看不出来。她平时也从不会主动告诉别人：我篮球打得好。我第一次看她打篮球时，不断地掐自己，要不然我老以为自己看见的是另一个人。

她很快就爬到了高出我头皮的地方。我仰头一看，树冠突然间显得无比巨大，中间是斑斑点点的漏光。我的目光也伸进了朵拉衣服的下摆，并往上蠕动。

她胸罩是淡黄色的，像槐树开花的那种颜色。我看不出她的乳房是小是大，我知道，这取决于胸罩里海棉垫的厚度。我忽然有了全新的发现，其实，从女人的衣下摆看上去，比从领口往下窥看，得来更多的快感。这是怎么回事呢？我想，这样一来，似乎更多了几分情趣，多了几层可资想象的情境。我的呼吸有些粗重，唾沫忽然旺盛地分泌起来……

这时我听见"鸡"的一声惨叫鸣，往后却断了声音。不用看我就晓得，朵拉又得手了。那只蝉，仿佛等着朵拉去捉；就像那些银行，总是安静地等着某个有缘人去打劫。我仰头看见朵拉一阵欣喜。她不可能知道，这个时间段里，我正经历了一阵心潮澎湃。现在，我似乎有点意犹未尽，失控般地张开双臂，冲着树上说，朵拉，跳下来，我……接住你。

一刹那，我脑袋变得无比清晰，像一块玻璃，轻易映现出任何事。我记得自己以前从没将双臂摊开这么大的幅度，仰看天穹，去迎接一个将要从树上跳下来的女人。

但朵拉没有听我的。我不是狐狸，朵拉也不是嘴里叼着肉的乌鸦。她不理睬我，这个高度对她来说也不算什么。她轻轻一跳，落在了我两手正好够不着的地方。那只蝉果然很肥硕，像只金龟子。朵拉费了那么多工夫捉住这只蝉，却只是把蝉的两只翅膀小心地剥下来，把蝉肥大的身躯扔到了我的手心。蝉是死而不僵的状态，在我手掌上抽着风。她说，你拿去喂鸡吧，鸡喜欢吃这些东西。

朵拉我能不能给你提个意见？也许你不注意，也不太在乎，但我还是建议一下的好。我蠕动着嘴唇，仿佛有点不怀好意,但却是十分真诚地说,语气词是不能乱带的。比如"鸡"后面不要带一个"吧"的音。像我们不小心说出来倒还好点,你就不一样了,你要知道,你是个淑女啊。

朵拉几乎被我呛晕了,她难为情地说,你今天这是怎么了,你真是莫名其妙。

那天她离开之前,给我留下几张王菲的歌碟,示意我没事就放一放,听一听。她说,很女人,她很女人,听着很性感。你也许会喜欢,反正我是很喜欢。她介绍了很多关于王菲的情况,把歌碟搁在我这里,仿佛是布置给我的作业。

我看见一个封套画上,王菲扎着甘蔗型的辫子。我记起来了,下大暴雨那天,朵拉也曾依葫芦画瓢地扎了一个。后来她跟我承认,怎么扎那辫子也翘不起来,只得往辫子里面插一支竹筷子。

于是我就成天放王菲的歌,头一阵老听得头晕脑涨,慢慢地就喜欢上了。我听出了那声音里性感的成分,晚上,听着这些歌,去想起一些女人,就来得轻易一点,想象也更有了质地。

手机价格降下来些以后,朵拉就买了个手机。老板也把他用过的一个硕大的老手机扔给我用。朵拉要是来我这里,事先并不打电话,而是直接来,拍门,等我打开门以后她就问我是不是感到惊喜。我不可能次次都很惊喜,但我每次都回答她说,那当然啦。

她一旦打来电话,总是会问些不好回答的问题:王菲为什么曾经叫做王靖雯现在又改为王菲？女孩长得像王菲是不是就意味着性感？还有，《暗涌》这首歌，王菲和黄耀明哪一个唱得更……无以复加？

每一个问题都足以让我脑袋肿胀如瓮。

朵拉老说她要辞工作，到北京去，陪着杨力。但每个星期天，我总是能看见她。她来之前不会给我打电话。有时候我出去办点事，回来，发现她已经坐在门口的石栏杆上，静静地等着我。

朵拉会带来一些影碟，还有王菲最新的歌碟。那一段时间，那个叫王菲的女人出碟都出抽风了，一年得有几张。但我在朵拉孜孜不倦的培养下，已成为那女人的一个歌迷，听着她半哼半唱的靡靡之音，脑袋里很自然地会滚动出很多对女人的幻想。我不是很擅长幻想的人，我需要这歌声激发。

朵拉讲话也时常夹杂着那女人的歌词。比如说，有时候我跟她一不小心，挨得太近，近得有那么一点耳鬓厮磨的意思了，她突然会醒过神来，把我推开一点。她说，你心里要清楚，我不是你的那什么……

我听着这话怎么这么别扭，"我不是你的那什么"，俚城的人从不使用这样的说法。稍一想记起来了，"那什么"是那什么歌里的歌词。

有时候她突然会换一种新发型，出现在我的门口。如果她手里拿着一张王菲的歌碟，我就知道，毫无疑问，歌碟封套上的王菲也是这种发型。屡猜不爽。

有时候老板会突然来到这里，领着几个鸡友，进了门，碰见朵拉也在。你好。老板和蔼可亲地跟朵拉打招呼，然后回过头来看看我。等朵拉走后，老板会说，那女孩看着顺眼，行的话，就和她结婚好了。我不置可否，我知道老板不喜欢太老实巴交的人，不喜欢一说到女人就发窘的人。

老板说，那女孩不错，毛发油亮，眼水不错，颈盘子也不错，身法……髋骨有那么大，生孩子搞不好一生两个。

老板满口都是玩斗鸡的人的术语，比如眼水、颈盘、身法，都是。我只是笑一笑，说那女的是我同学，要跟别人结婚了。

没用的东西，败筒子鸡。老板这么说的时候，表情有些鄙夷。

我和朵拉在俾城闲逛，陪她买那些七零八碎的东西，有一次碰见了以前的班主任老普。老普看见我们就会打招呼，示意我们向她靠拢。她理所当然地以为我们现在是两口子了，开口就问朵拉：打算要孩子了吗？

朵拉一点也不脸红，说，现在忙，哪顾得上？

老普说，现在学校搞了个附属医院，要生孩子，给我打电话，我可以帮你们联系一下床位——现在我调到附属医院去了。

老普婆婆妈妈地说了一大堆，终于走了。她想起她家里的炉上还煨着一只老母鸡。老普走后朵拉就没命地笑起来。她说，老普其实人还不错。

我们读书的时候老普十分喜欢朵拉。老普身上有太多的更年期征兆，经常蹑手蹑脚跑到后门，通过门上的小窗往教室里窥探，看谁上课时会玩小动作。这样的生活持续了六年，直到我们都过了二十岁，离开那所学校。我们对老普都没有什么好感。我估计，班上顶多也就朵拉和老普亲近。

但有一次朵拉跟我讲起老普的事，老普的老公养了情人，被老普撞上了。老普有些歇斯底里，竟然打了个电话要朵拉去陪陪她。老普把所有的事情都告诉了朵拉。

朵拉再把这些事说给我听时，整张脸都挤满了幸灾乐祸的表情。我很惊讶，我觉得朵拉即使要说，也没必要让喜悦的神情那么直白。她说着说着，停了下来。她问，你怎么啦？我想，我能怎么啦？我想不到朵拉也这么讨厌老普。

我和老板驾车去了广西，通过凭祥的口岸去了越南，买来几十只鸡，装在车厢里，一路上小心翼翼地伺候着，带回佴城。原先还说四五天就回来，结果去了差不多十天。

回到山上，我看见漆成墨绿色的门板上贴了一张便条。朵拉写的。她说她去杨力那里了，短期内不会回来。

我不知道朵拉要去多久。三年五载？十年八载？

5

此后过了大约半个月，一天中午，我听见手机响铃了。来电显示是朵拉的号码。我拼命地摁了摁接听键（要不是这些按键都有些失灵，要用吃奶的劲才能摁着，老板也不至于把手机扔给我用），听见了朵拉遥遥远远的声音，有气无力。

朵拉，你说话声音大点，我听不清楚。我说，同时爬到较高的位置，看看是否是信号的问题。

朵拉说，好的。但她声音没见大起来。我只好扯长了耳朵听，估计是北京太远，所以传过来的声音也损耗大半。我说，你在那边应该换一张本地卡，或者神州行什么的，要不然太划不来。

她说，哎呀，嫌花了你电话费不是？那我就不打了。我说不是，我问她有没有座机，这样可以打过去。她说没关系，她说杨力帮她交电话费。

说什么我忘了，有口无心地扯了些废话。只记得快结束通话时，她忽然问我想不想她。我问，杨力在你身边吗？她说，你这个猪，你想他可能在不咯？于是我就说，那我当然想你啊。

挂了电话，我给一窝刚孵出来没几天的小鸡点疫苗，点在鼻孔里。正这么干着，我听见有人拍门。我听着拍门的声音很有节律，衙心暗暗一动。开了门，我看见朵拉，着一身很绿的衣服钉在那里，像一株植物。

我说，坐飞机过来的？

她说，坐导弹啊。

我说，怪不得。

我怀疑她根本就没有去北京，一直待在哪里，却告诉我说去了北京。她看出我在怀疑，就说，我确实去了杨力那里，昨天回来的。怕我不信，还摸出一张火车票，佴城到北京西，票价384元整。我把火车票退回她手上，说，你真是的，去了就去了，我又不会给你报销车票钱。

朵拉出了一趟远门，她会给我讲一讲旅途上的见闻，讲一讲北京，讲一讲天安门。

你去瞻仰毛主席的遗体了吗？我引导她说出来，反正她迟早会说，我迟早要听。但是她有些累，有些虚弱。不光这些，我还从她脸上看见一种很陌生的神情，似笑非笑。她说我躺一下，就爬到了二楼，在我的那张乱得像狗窝一样的床上睡下来了，很快有了轻微的鼾声。她喜欢头朝下趴在床上睡，四肢略微蜷曲，睡态很像一只狗。

我自顾做事，两个钟头后上到楼去，看见朵拉已经醒来，正坐在床沿看着电视。她用碟片机放一个片子，那片子是我昨天租的，裸镜太多。我尴尬地说，我给你换个片子，那一本不好看。

好看，这是你租过的最棒的一个碟。才这么几天，你都有点令我刮目相看了。她这么说。她叫我去山下买两只冰淇淋。那天并不热，气温在25度左右。我还是给她买来一只。她用舌头一点一点地舔食，一边看着我租的那个碟片。

她还叫我陪着她看。

那片子说是有两个人，一男一女，被困在一间房里，出不去，出去就会被别人用枪打死。两人走不出去，食物也吃完了,又累又饿,就只有不停地做爱,无休止地做爱,来抵御无边无际的饥饿以及对死亡的恐惧。最后,那一男一女都死了,被人打死的。她说她早料到这样,看见前面,她就有预感,结局会很惨。

她说,结局比我预料得还要惨。她又说,要是我跟你被困在这里,不能出去,那我们能干些什么呢?

我回答说,把后院的鸡都杀了,一天吃两只,能撑一个多月。

那你们老板会狂吐两碗血。朵拉微笑说。这时候,她心情比刚来时要好许多。

朵拉心情好转了以后就去了后山,爬树。现在,已经听不到蝉的鸣叫了,后山死寂一片。她在树上找见了不少蝉蜕,还有死去的蝉。死去的蝉被蚂蚁糖牢牢地粘在树上,朵拉把这些东西掰下来,手上也粘了很多蚂蚁糖。

她洗手的时候,忽然一声怪笑,把那一盆洗手水朝我泼来。我没有躲过去。我没想到这天她心情会变得这么好,好得都有些失常。以前看不出来她有这份癫狂气质。

这次回来,朵拉没再去乡镇卫生所上班,成天待在家里。她每天跟我打至少三个电话,早上来一个问,我醒了没有,半夜还会来一个,问我睡了没有。如果我醒了或者还没睡,那就说说话。

另一天,她在我这里待到中午,又去后山爬树了,却没有找到一只死蝉。吃过午饭她问我有空吗。我说有空。她说,那好,你陪我出去走走,到西郊走走。

那已是十月底了,天空被云朵抹得很平,虽说没见太阳,但仰头看得久了,那天光比有太阳时候还刺眼。这天气让人浑身泛起慵懒的快意,想出去毫无目的地走走。再加上朵拉一再怂恿我说,这天气,窝在家里简直就是犯罪。

我陪她去了西郊。郊区那几家垮掉的工厂,遗留下一排排整饬的厂房。有些厂房被拆了,遍地都是瓦砾。她在瓦砾丛中采摘野菊花,说是要弄一个野菊花填充的枕头。累了,她就在预制板的碎块上坐下来。她示意我坐在她身边。我就按她说的意思做了。我们靠得很近。我能感觉到朵拉是个热源,持续散发着热量。

朵拉搓了一根草,咬在牙缝里,怔怔地看向周围。周围很静,瓦砾中的衰草被风吹得东倒西歪。被这样的风吹着,我有些惬意,吹起了口哨。但她说,别吹了,难听死了!她还剜我一眼。

沉默了好一阵,她突然开了腔,和我聊起杨力。把这话题展开后,主要是她在说,我插不上嘴。我对杨力的了解,基本来自朵拉和小谢的讲述。他们说他怎么样,我就认为是什么样的。

所以杨力给我的印象一直不错,有头脑有上进心不说,为人处世各方面都显得老成持重。那天,当朵拉问我觉得杨力怎么样时,我就照着自己印象,大概说了说,都是人云亦云。

嗤!在我说完之后,朵拉的舌头清晰地弹出这个字音。她一脸都是冷笑。我问,怎么啦?她其实已经憋得不行了,

37

我这么一问，她就亟不可待地给我数落起杨力身上存在的缺点。那天，她讲起话来表情太过饱满，语速太快，那些急促的话语，像是一口盛满水的缸底角上被砸了一个洞，里面每一滴水珠都呈喷涌而出的态势。她的声音嘈嘈切切，噼里啪啦，以致有些紊乱。我只得在一旁不时提醒她说，慢点说，有的是时间。她停下来的时候喉咙会哽噎一下，那是在咽唾沫。

我得说，听着她讲话，我有一种大白天撞鬼的感觉。我想，杨力好歹是名牌大学的研究生，身上有这么多缺陷，可能吗？我脑子一时有些短路，游目四望，周围一切都是阳世景物呵，淡白疏朗的光线铺陈在郊区的每一寸土地上，还有一些拾荒的女人在远处真实地晃动着，见什么捡什么。

此外，我心里还有一层疑惑：朵拉已经和杨力谈了差不多十年恋爱，十年，未必现在才看清他这个人？

——以前他不是这样，现在他变了。要不然，我也不可能和他谈那么久。朵拉仿佛洞穿了我的心思，忽然张口这么说。这倒使我有些尴尬，还怀疑刚才心里这么想时，嘴里就谵妄地说出了什么。

朵拉又说，杨力还有一个女人，但她手头上没拿着证据。虽然没物证，但她凭着一个女人良好的第六感，觉察到杨力另有一个女人的可能性非常非常大。

我说，你可能想多了。

朵拉蛮横地说，我的感觉十之八九是正确的，又不是冤枉他。再说，这又不是法院审案，疑罪从无。我说他有，他就有。

我没有搭腔,这时候说任何话都有搬弄是非的嫌疑。她稍一歇气,就说起了杨力母亲的坏话。我突然想到,在他俩恋爱的事情上,杨力的母亲一直都是坚决反对的。那个老女人,不知从哪里逞得太多的优越感,左右看朵拉都不顺眼。

她说话时顿了一顿,不再数落杨力母亲的不是,转而问我,为什么一直没有找女朋友。我瞥了她一眼,她堂而皇之地看着我,眼底闪烁着一种很热烈的东西。我看得出来,她的眼仁子突然变亮了。我想,她是在暗示什么?她是不是觉得,我一直都在默默地算计着她,仿佛老早就看准了会有这一天?她此时的表情是蛮有把握的。

但我仔细想了想,自己还没有这么龌龊,不会那么老谋深算,一憋这么多年。我笑着说,怎么又说起我来了?我天天在山上喂鸡,根本认不得几个女孩子。

她明白无误地跟我摆出了失望的神情。她又不说话了,坐在那里,跷起腿来,浑身焦躁不安地晃动着。我把她拽起来,说,别老坐着,站起来走一走,吹吹风,心情说不定会好起来。

不知什么时候就走到了铁路上。这是单轨的铁路,一路上一个隧洞连着另一个隧洞。有的隧洞很短,有的隧洞很长,从这侧看不到那一侧洞口的亮光。这条铁路上,很少看见火车驶来。

她要我带着她钻那些隧洞。

39

钻隧洞有钻隧洞的技术，走在里面，必须不断地发出声音，要不然，很可能撞上迎面走来的一个人。你看见前面很远处那洞口的光，但你看不见一个人就在眼前。朵拉一开始不理解为什么我要不断地发出哼哼唧唧的声音，直到有一个人在黑暗中贴近了我们，故意打个喷嚏，然后我们彼此错开。

朵拉弄明白了这一点，就叫我别出声。她唱起歌来，隧洞中有不一样的回音效果，黏糊糊的。她当然是唱王菲的歌，她嗓子很尖，也适合去模仿王菲。

只有两次，我们在隧洞里面碰上了火车开过，噪声和震动都无比巨大，像浪头一样劈面打来。我捂紧了耳朵，朵拉却不以为然，她冲着飞驰而过的火车大叫着，师傅，搭车！借着车窗里射出来的灯光，我看见她的右手高高擎起，食指和中指抻成"V"字型。车子开过以后，她就肆意地笑起来，几乎笑岔气了。

我听见笑声中隐隐夹杂着哭声。

她要我给她讲故事，在这隧洞当中，要讲和隧洞相关的故事，越恐怖越好。这难不倒我。和隧洞有关的故事，几乎都带着恐怖惊悚的色彩。在我的老家菟头村附近，也有几处铁路隧洞，天长日久，隧洞里传出的故事有不少。

我讲了几个故事，她听完总是会尖叫，然后问我，还有吗？我说，有的。我记得有个故事是这样，有两个人一前一后走进隧洞，前面那个人发现洞里有一具死尸，却没有声张。他把死尸立了起来，倚着洞壁站稳，还点燃一支烟插在死尸的嘴里。后面那个人走来，看见有一点星火，自个的烟瘾也上来了。他掏出一支烟夹在嘴上，说，老哥借个火，便朝那点星火杵去……

不出所料，朵拉在我讲到这地方时惨叫了一声，妈呀……回音在隧洞里长久地弥漫着。但很快，她又咯咯咯地笑了起来。她问，你知道那么多恐怖故事，怎么还敢往隧洞里走。

我呵呵一笑，又告诉她一件仿佛很有趣的事。记得小时候，我和一帮伙伴钻隧洞，总是有些提心吊胆。大人就教给我们一个法子：进洞前，把手伸到裆里，把那玩意搓几下，让它硬起来，这样，整个人就有很重的阳气，进到洞里面，鬼就近不了身。

——我很奇怪，怎么突然把这件事讲了出来。是不是，洞子里一团黢黑，让我有些肆无忌惮？我担心朵拉听出些挑逗的意味。朵拉今天状况跟平时不同，我虽然不谙此道，也看得出来她今天水汪汪的。她那种与平日不一样的表情暗暗地撩拨着我。

哦，有这样的事？黑暗中我看不清她的脸，但她的语气并不惊诧。之后我们都没有吭声，我捉着她的手，慢慢地往前面那一点纯白的光晕走去。

快要走出去的时候，她忽然拽着我的手，整个人像蛇一样贴了上来。我们胶着一体，不自觉地离开了路轨，闪进镶在内壁的一眼避车洞里面。小时候，村里的人管那叫猫洞。猫洞状如神龛，装得下两个人，那一刹我怀疑，这是专供情人用的。

她的嘴唇有些咸。我能感到一股向里吸的气流,但我没有把舌头伸进去。她的嘴唇有点咸。我在黑暗中闭上了眼睛,去感受一个女人的嘴唇,但我头脑里无端浮现出了某种东西。黑暗中我捋了捋思绪,才发现,那东西是一台医用显微镜。我的眼睛仿佛凑在显微镜的目镜上。在物镜下,朵拉的唾液是黄浊的,预兆着某种病状。

我听见她轻微的呻吟,不是从嘴里发出的,而是来自体内某个脏器,是由某种过量的体液分泌而产生。我仿佛成了一只听诊器,捕捉着她体内的声音,并数十倍地放大了这种声音。

这时候有两人迎面行经这个隧洞,他们隔着老远发出声音:注意,有人。他们不断地发出声音,估算彼此的位置,直至交错而过。他们的声音像两阵阴风在隧洞里回旋游荡。其中一人在我们身前的铁轨上停了停,大概看得见这眼猫洞里面有人。我挣扎了一下,朵拉却绞得更紧。那个人点了一支烟,然后走了。

我慢慢地用力,把彼此的嘴唇分开,像是揭开一张胶布。此外,我感觉她浑身汗津津的。我问,你什么时候再去杨力那里?朵拉迟疑了一下,说,还说不准。

我拽着她的胳膊,走出了那个隧洞。她的脸在见光的那一刹那红润起来,我看得见那一团胭脂红洇开的过程。阳光散得斑斑点点,她忽然讲起了她妈的种种更年期症状。她妈在她的描述中穷形尽相,比卓别林的默片更具滑稽效果。

看着她讲话的样子，我很怀疑，刚才她的情欲突然勃发了，像火山那样。我扭头看看那个隧洞口，乌漆抹黑，黑得有些虚幻。两条铁轨从里面扯出来，表面银亮，下午的阳光在那上面，随着我们目光一路滑行。

## 6

朵拉很快又去了北京，去了杨力那里，诚如我预料的那样。当她用恶毒的口吻贬斥杨力时，我就知道，这正说明她亟不可待地要回到杨力身边。

——我没有恋爱的经历，但我对这些女孩心思的揣摩总是准确得毫无道理。

她临去的前天，我忽然想起她还有一只化妆盒丢在我这里。我打电话，问是不是要帮她送去。她说，不用，就搁在你那里，你要用就拿去用好了。

我笑了笑，心想我怎么会用这些东西呢？那天闲着无事，我竟然打开了她的化妆盒，有两枚薄如蝉翼的东西飞了出来。我掰开盒盖时，带出了一股微乎其微的风。仔细一看，飞出来的东西正是蝉翼。

我想起朵拉最喜欢把蝉用大头钉固定在一块木板上，然后用她化妆的工具，小心翼翼地肢解下蝉翼。

不知道有几个人仔细地看过蝉翼。我也是那一刻才留心看了看这两枚蝉翼，有四公分长，大致呈卵圆型，靠外一侧的线条黑粗；透明而且较为坚韧的翼片上，有清晰的脉络。这些脉络，让我想起了半导体收音机的电路——把元件焊接在电路上，最终组装成收音机，无疑是那个年代最时髦最奢侈的课外活动。

我把蝉翼贴在一枚A4纸上，摆在那里，等着朵拉到时候取走。

朵拉那次走后不久，我就认识了一个女孩。我跟她在一起，有点像恋爱。于是我不由得怀疑，是否朵拉在的时候，对我找别的女孩子是一种干扰？

女孩住在长城楼最外面的一套房，而我是住在最靠里的一侧。这以前我就知道她是山下一家酒楼的服务员，但不知道她和我住得那么近。那家酒楼的生意很不错，一到中午外面就晾起了一堆大大小小的车。雇我的老板斗鸡赢了钱以后老去里面吃饭。早晨酒家也卖早点，三块钱就有一屉蒸饺和一份皮蛋粥。坐在大厅里面，没几个人，我一边吃这三块钱的东西，一边看着那个女孩给我添茶。有时候偌大一个厅就我一个人，花三块钱我会和女孩说上一个半钟头。

倒并不是想勾引她。

那天傍晚，她敲开我的门，告诉我有一只鸡掉到她住的那套房的后院，问是不是我养的。那是一只斗鸡，毫无疑问是我这里的。她说你养的这些鸡真是难看死了。我笑了笑，她就进来了。她想参观一下那些长得极难看的鸡。

我请她吃了饭，然后聊起来。我没想到我们原来住得那么近。她说，是啊是啊，那一套房被我们老板租了下来，我们都住里头。然后，她又很突兀地问我，你找女朋友了吗？不待我回答，她又噼里啪啦地说，我那里姊妹多，有刘秋红王引娣王小兰滕玲玲……要不要我介绍一个漂亮的？

我问她多大了。她说二十。我说好啊好啊。她挑了挑眉毛，说，好什么好啊？

我注意地看了她一下，她长得不错，虽然涂脂抹粉，仍然看得出来是从农村进城的，和我一样。我闻得见那种隐藏在皮肤纹路里的泥巴气味。我忽然意识到我还没有女朋友，该找一个了。这么想的时候，我又看了看眼前这个女孩。

那以后我们循规蹈矩地约会了几次，地点通常就在后山的猕猴桃架子下面。时候差不多了，我当然知道该做些什么。把她弄上床的那天，我费了些心计，她也心照不宣地往套里踩。那天我和她弄了几回，但是感觉不蛮好。我最初的性体验就扔在那一天了，奇怪的是，整个人总是没法全身心地投入。我觉得还不如以前读书的时候，自己和自己做爱来得有劲。如果我不把责任归咎到那个姓林的女孩皮肤太粗糙了，那就是我自身存在着某种障碍。

每一个间歇，我会裸体走到窗前，看看眼底那笼罩在灰暗中的俚城。这个城市，没有什么工业厂矿，一年到头却总是一派烟雾缭绕的景色。窗玻璃映出我的一部分身体，和窗外的景色契合在一起。我看见我的身体已经有些松弛，肚皮上箍着几道救生圈。我忽然有些悲伤，因为我记起朵拉告诉过我，头一次性经历将对以后所有的性经历产生至关重要的影响。当天，她好像暗示地说她和杨力的初夜发生得比较早，彼此鱼水和谐，所以能够把感情长期维系下来。

我想到了朵拉，这才意识到，那个下午，在隧洞里，我错过了弥足珍贵的机会。如果那天我迎合了她的种种举动，我想，效果肯定要比今天好。我没有碰到朵拉的身体，但我相信朵拉的身体能给予我绝妙的感受。那种吹了灯以后每个女人都差不多的鬼话，肯定是个白痴最先说出来的。那天，朵拉不在，我反而对她的身体她的气息有了贴皮贴骨的感受，这才知道朵拉留给我的是怎样一种魅惑——仿佛一枚定时炸弹，随着时间推移才能发挥效用。

当我因对朵拉的思念而重新勃发起来，就转身回到床上，和姓林的女孩开始了另一轮的撩拨。她是个性欲很强的女孩，我觉得她经验十足，挑逗和叫唤都非常到位，但不知哪些细节自始至终排斥着我完全投入。

那天不知进行了几次，我的电话响了。我起码有半个月没接到过电话了，虽然按时充电，心里却老在怀疑这电话是不是坏了。

是朵拉打来的，从北京打来，头三个数字是"010"，在我看来，这三个阿拉伯数字的组合暗含着性的意味。她问我，在干嘛呢？我很严肃地说，朵拉，我在想你。她呵呵地笑了，说，别寻我开心啦……她忽然不说话了，我喂了几次,她仍然不说话。我以为电话断了,但她在那头幽幽地说,小丁,你是不是和一个女的在一起?我很奇怪,这一阵姓林的女孩躺在床上,慢吞吞地吸着一支烟,没发出什么声音。我说,没有,我在山上,就我一个人。她说,你为什么要骗我?

然后她把电话挂了。

我有些莫名其妙,朵拉是怎么知道的?莫非她闻得到?

姓林的女孩问是谁打来的。

我老婆。我摆出事态很严重的神情,说,我本来要告诉你,我结过婚了。我也没想到那个臭婆娘这时候会给我打电话。

姓林的女孩跳下床,先穿裤衩再穿鞋然后到处找胸罩,完了又脱掉鞋套上弹力牛仔裤,嘴里始终骂骂咧咧。骂完她朝我吐口水,并想抽我一巴掌,被我躲过去了。然后她就哭了,说你他妈再别来我们店上吃早餐了,你这穷鬼,三块钱磨蹭两个小时喝光四壶茶你他妈也好意思。她拧开房门走掉了。

我有些后悔,心想刚才干吗要躲啊?让她结结实实抽几个耳光,说不定她会好受一点。想到以后再也不能去酒楼吃早餐了,我觉得很不划算。

我打电话给朵拉,问她怎么知道我这里有女人。她竟然笑了笑,说,猜的,你一出声,我就知道,这回又猜对了。恭喜你有了一个女朋友,真不容易,还老以为你是和尚胎呢。我说,你什么时候回来?朵拉说,搞不清楚,过

47

年应该回来一趟吧。也快了，就两个月，想到又能见到你了，很高兴。到时候把你的那位也叫出来，让我帮你把把关。

好的。我说，把什么关，人家看得上我就不错了。她说，对自己有信心一点，别天天养鸡倒把自己搞得像一瘟鸡一样，拿不出精神。我说，好的，你回来的时候，会看到一个面貌一新的小丁。

没过几天，姓林的女孩又来到我这里，很生气地问我，为什么这几天没去她们店上吃早餐？是不是在躲着我？我有些犯糊涂了，但脑袋一闪，就找理由说，这几天鸡生蛋生得太多了，就一天煮几个当早饭，懒得走到山脚下去。

我和姓林的女孩做爱的次数不算太多也不算太少，像吃饭一样，到了钟点就得应付一下。有一次，我们正在床上，老板进来了。我趴在女孩耳边，说，我们老板来了。可她不在乎，她说，管他妈的，你别偷懒。于是我就没有偷懒。老板稍一推开门，就把门扯紧了。老板在门外说，小丁你忙你的，我在下面看看鸡。

我们敷衍了事地把余下的爱做完，她潦草地穿好衣服，下了楼。老板坐在楼下客厅给一只鸡泡澡。老板和女孩互相打了个招呼。我下楼的时候，老板鄙夷地看了我一眼。他说，新换的？我说，就这一个。老板说，别骗我了，以前不是这个。你什么眼神，越挑越没成色。跟我养了这几年鸡，眼功真是越来越差了。

老板把手头的鸡洗了又洗，并对我说，还是把先前那个妹子弄过来,我看那个比这个强。我没有说什么。老板是个很爱说话的人,图嘴巴皮痛快,爱指点别人。

我几乎是掰着手指,迎来春节,但朵拉春节没有回来,也不来个电话说是什么原因。姓林的女孩春节前被一个老板包养了。她以前经常来的时候我不觉得,现在见不着她了,时时感觉到寂寞,想打朵拉的电话,系统音老是说:您所拨打的用户不在服务区。我心里奇怪得紧,不在服务区的地方是什么地方?北方一马平川的地界,哪来这么多盲区?

7

到四月份我才见到了朵拉。那天我没把外面的院门关上,她神不知鬼不觉地进到了里面,可能到屋子里转了个遍,没见到我,又到后山来找我。她可能想绕到我身后突然拍我一下,给我一个惊吓,同时也给我一个惊喜,所以她走的时候蹑手蹑脚,活像鬼子进村。我在一苑树下看见了她的动态,我看了好久,可她转着脑袋老半天都没发现我蹲在一丛灌木旁边。我不得不冲那边说,喂,朵拉,我在这里。

她走了过来,我站直了身子。她还是老样子,可能丰腴了一点,但不容易看出来。她凝视着我,眉头就轻轻地皱了皱,对我说,你胖了!

我刚到地秤上称过体重,只不过胖了五斤,竟然被她看了出来。我端着鸡食盆,告诉她,今年多养了几只母鸡,可能是吃鸡蛋吃得太多了。

那不好。她忧郁地说,你饮食习惯一直不好,餐桌上一有肥肉,你眼里就冒贼光。

然后又说了些话。我感觉她比以前细心多了,能够觉察到我房里一些微乎其微的变化。此外她变得有些啰唆,还时不时来些叮嘱,一度让我想起我妈。但总体上,我心里还是感到了蛮有温暖。

后来我想,可能因为那天朵拉讲起话来透着关心的意思,我竟然忘了,这半年多的时间,每当我和姓林的女孩做爱,总是要依赖对朵拉的回忆和想象才能抖擞了精神,迅速进入临战状态。在当时,看着床上的林女孩,我不免要走神,暗自说,要是那上面躺着朵拉,该有多好!

那些日子,晚上一个人躺在床头,将睡未睡之际,我对朵拉的念想会增大到无以复加的程度。我觉得,白天和夜晚的心情是不一样的,而人站立着和躺下时的思维方式也有很大不同。临睡前躺在床上,那是我最为放纵的时候,一屋子的暗光会让我觉得,没什么是不能做的。

我等待着朵拉回来。当她再次出现在我眼前,我想我会争分夺秒地去暗示她,我想她!同样在临睡前那个时段,我一次次责怪自己,去年那个下午错过了机会。如果再来一次,我想让她知道,我会配合得多么默契多么到位……我怀疑,自己的生物钟和朵拉的生物钟存在错位,峰期不能同步。

但那没关系，我肯定会调整自己，去适应朵拉。

那天我没有逮到她。从后山下来，我意识到了什么，叫她进屋里坐一坐，我要留她吃饭。我告诉她，如果她现在想吃鸡肉，我会毫不犹豫地去捉一只十个月大小的母鸡，炖一罐汤。但她电话响了，有人叫她。她有些抱歉地说，今天没空，下次再来尝尝你炖的鸡。她走的时候还没忘记取走化妆盒。里面肯定有些东西变质了。

那天她走后我有些焦躁，很快变得难以自控，往地上砸了好几样东西。我不停地按捺自己体内那股往邪里冲撞的气流，抑制着紊乱的喘息，数起了羊，然后数起了青蛙和王八。前些日子没见着她还好点，那天刚一见面就眼巴巴看着朵拉安全地走掉，搞得我一时乱了方寸，脑袋里牵牵扯扯的神经纤维绞作一团。

过了两天，我才变得理智一点。朵拉打电话来，我除了按常规和她寒暄几句，末了没忘记告诉她说，最近你最好不要再到我这山上来，朵拉，不晓得怎么搞的，我现在对你有些不怀好意。你再来我这里，可能会有些危险，到时候别怪我没告诉你啊。电话那头的朵拉嗤的一声，说，小丁，你能把姑奶奶怎么样呐？我真诚地说，朵拉，不是开玩笑，我正儿八经和你说事情。

朵拉爽朗地笑了，满不在乎。我手拿着电话，听着她挂断，听着挂断后急促的信号音，脑袋里蒙得厉害。我本是好心好意想给她提个醒，但把话说完，我发现自己仍是在勾引她，在赤裸裸地挑逗她。

我们毕竟相处了这么多年，彼此性格都搞得清澈见底。我怀疑要让她上钩只是时间问题，但更大的问题在于，我一个小时都捱不过去了，我在屋子里和后山上踱来踱去，到哪里都感到窒息、憋闷。我突然想到了自个给斗鸡搞体训时想出来的那办法，便机伶伶打了个寒战——真是现世报呵。

那天下雨，我感觉到朵拉会来。她如果在佴城买东西，见天下雨，肯定会想到来我这里躲雨，走到二楼，看看满城下着雨的景致。那景致有些颓唐、无奈，但你仔细地看一看，却体会得到一种从容。雨刚一落下，我就把心子提了起来。她十一点钟到，敲了敲门。她打着伞，但身上有些地方被雨淋湿了。

你湿身了。我一开口，就单刀直入一语双关。她哪又晓得我蓄谋已久，这天的雨仿佛是我一个同伙。当然，朵拉没有听出来，她说，雨太大了，还刮风，打伞根本不抵事。她第二句话说，还是你这里好呵，我随时来，你随时都在。

我顺着她的语意说，是呵，你随时来，我随时都在。这时，我脸上挂出了一些不怀好意的笑容，嘴唇有点歪斜。她看出来了，并说，你今天是怎么了，古里古怪。我又装出很无辜的表情，说，是吗？

我叫她把衣服换一换。她从我的简易衣柜里找来一件T恤，正面印着格瓦拉那仪式般的头像。她说，他叫什么来着？这哥哥！她在北方待了半年多，讲方言显得有些不地道了。我说，切·格瓦拉，这哥哥。她笑着说，哦，这哥哥比你帅多了。

她叫我出去，然后轻轻把门带上，要在里面换衣服。可能因为胸罩不需要解下来，她没把门闩死，留有两指头宽的缝，可供我的目光长驱直入，把她换衣的每一个动态都看个一清二楚。

当她把自己被雨淋湿了的外衣脱下来时，我就嘭地推开那扇虚掩的门。

这是我酝酿已久的动作，我推门推得很坚决，让门撞在墙壁上，发出肆无忌惮的声响，然后逼视着她，毫不迟疑毫不犹豫地走过去。这样的情景，仿佛已经经过成百次的彩排，我做起来是那样顺其自然。

她有个下意识的动作，把T恤扯起来拦在胸前。看她嘴角肌肉的抽搐，似乎尖叫了一声，却被窗外的雨和闷雷掩盖得严严实实。她胸前那块遮羞布上，切·格瓦拉呆里呆气地看着我，欲言又止。我已经走到她跟前，一把就把T恤衫扯了下来，扔在床的远端，她得爬上床伸伸手才够得到。我让中间间歇了约一秒半钟，然后紧紧抱住她。

——我得说，这一切我做得一气呵成，绝不拖泥带水。她仿佛是一台发动机，而我这一阵好似手持摇柄转着圈疯狂地摇着。终于，她这台发动机，被我发动起来了。她的身上很黏湿，有些许汗味和香水味。我们抱在了一起，我这才感觉到我自己也湿透了，不明出处的汗水把我的皮肤涂抹了一层。接着是接吻，我们避不可免地把嘴皮子贴在一起，作死地贴紧。听着雨声，时间过去得不快不慢。我听见她体内蹿出的一个个声音，像气泡从井底浮上来。我想，她这时应该是很惊讶，我跟去年在火车隧洞里完全是两个人。

她嘴里不再是去年夏天的气味，或者我舌头上的味蕾已经失灵。

我的手绕到她后背，把襻带的扣解下来。刚一解开，她身体的气味就溢满整个屋子。那种气味扪头打脑，让我的呼吸变得不均匀。她制止了我进一步的动作。依然是接吻，时间上仿佛要打破吉尼斯纪录。

忽然，她推开我，并迅速把两手别到后面去，系好了襻带的袢扣。她说，你身上好多汗。我也是。

我说，唔。

她抛给我一个眼神，然后说，等着我，我先洗一洗。你也别偷懒，等下也要洗一个才是。她下到楼去，进到卫生间，把门狠狠地插上了，像是故意让我听清楚金属插销那铿锵的声音。她把莲蓬头的水放到最大。我坐在楼上那间房，看了看雨，又拧开电视。没有节目信号。

她出来的时候，我看得出，是一种情欲饱满，含苞待放的神情。这样我就放心了，她眼里的东西骗不了人。她甚至还推了我一把，说，你快点去洗啊，你这个死人，笑什么笑？

我洗澡时心情很轻松，也把水放到最大，让它漫天盖地铺下来。我吹起了口哨，都是王菲的歌，《容易受伤的女人》《当时的月亮》,还有一首那什么……

　　我洗了一阵,担心拖得太久,朵拉饱满的情绪会萎蔫下来。当我从卫生间里走出来后,忽然发现屋子相当安静。外面的雨不知哪时停了。真有点不可思议,洗澡前我分明听见雨是一派底气十足的样子,不想却戛然而止。我朝楼上叫了几声,朵拉朵拉,又跑到后山大声地叫,朵拉朵拉,却没有人应。那天,我面对着桌子上的手机,不停地咬紧牙关,最终没有拨打朵拉的电话。

## 8

　　半个月后我收到朵拉寄自北京的信。那是一个很大的牛皮纸的信封,打开后见是一张卡片。卡片上贴着两枚蝉翼,仔细一看,竟是我去年贴好的那两枚。现在,她把这东西稍事处理,就成了一枚看着还像那么回事的卡片。她画了一些很幼稚很童心的画,大概是一片海滩,几个男女穿着短裤或者比基尼在棕榈树下晒着太阳。

　　卡片上她写了两句话:
　　对不起,那天突然雨停了。
　　祝你以后能够轻飘飘地飞起来!
　　前一句的意思我懂。是呵,那天的雨突然停了,要不然,我和朵拉应该必不可免地发生些什么了。由此我还想朵拉曾告诉我,下雨天她特别感到寂寞,尤其是下雨的晚上,她奄奄一息地躺在床上,怎么也睡不着。我记得那天,朵拉仿佛暗示地说，下雨的晚上，我就像变了个人似的，像喝了半斤苞谷酒似的，昏头昏脑。要是做了什么出格事，那跟我本人是没有什么关系。说完这话，她又有点内疚地问我，你说，我是不是有点……贱？

我把卡片和信封收好。我收到的信不多，平均是两年一封。我可以把以前收到的所有来信都装进朵拉的这只大信封里。我也不去考虑朵拉写的话是什么意思，因为我不认为她能把话说得饶有意味，值得费心费力去推敲一番。

那以后我再也没有见到朵拉。朵拉没给我打电话。有时候我也拨一拨她原来的那个手机号码，当然是停机。

自后我又帮老板养了两年鸡。我养的斗鸡打架一般都还不错，赢多输少，帮老板赚了一些钱。但两年后老板的口味变了，对斗鸡失去了兴趣，转而包养了几个妞，成天到晚沉迷其中，仿佛又变年轻了。老板把那一堆斗鸡都卖掉了，我就失去了这份工作。

我在山上还住了几个月。老板的承租期没到，我提出能不能让我在上面再住一阵。老板卖了人情把地方白给我住。山上很静，我每天就这么呆坐着，或者去后山转转，把承租期剩下的时间消耗掉。

朵拉是去年春节前才回来，也就是说，我有四年没看到她了。再见到她时，她已经二十七岁，当然，我们都是二十七岁。想想她和杨力已经恋爱了十几年，再不结婚，就有些不正常了。她回来是置办结婚酒宴的，给我们发了请帖。她可能到山上找过我，找不见，就托同学左转右转，把请柬转到我手里。我收到时，请柬都皱巴巴的了。

女方的婚宴设在正月十四。正月十五一大早，杨力来接朵拉过门。

十四那天我看见了朵拉。她胖了。她化了浓妆，没以前好看，或者是我看着有些陌生。我跟她讲了很多恭维的话，无非是今天很漂亮，今天实在太漂亮了云云。她对她当天的装束也不是很自信，我夸她时，她不时弓下腰打量自己的穿着，并说，真的吗？我肯定地说，那当然，比以前还年轻点了。她就说，去你的小丁，你是讲鬼话啊。

我劝她多穿一点，那天天气够冷的。

中午开餐时，朵拉叫我帮些忙，具体帮什么忙她又没说。她跟着她的妈穿梭于席间，一个一个地问好。好多亲戚她也不认得，她的妈就不断告诉她，这是三堂叔的侄子，那是二姨舅的妹子……她先还是找准每个人的称呼向他们致谢，到后来就全乱了，只晓得说，欢迎光临。结婚办酒是很累的事，她时不时看着我做一下鬼脸，还吐了吐舌头。我发现她的舌苔颜色稍微有点深，像是上火。她时不时跟我招了招手，我过去，她就附着耳朵跟我说，拿纸巾过来；拿一枚别针来，我的胸花要掉了……

我发现她乐得与我做出过从甚密的样子，但我找不到受宠若惊的感觉——我这又算得什么呢？她喝了点酒，面若桃花，眼光看谁都很磁。她的妈也招呼不过来，焦急地应付着，几次跟我说，小丁，今天麻烦你了，把朵拉照顾紧一点。我忙点头，说阿姨你放心，用不着交代。

那天很忙。没有具体的事，就是忙。有时候，我在过道或楼梯间歇口气，忽然觉得，自己像个太监。

忙到下午，朵拉家的客人逐渐散了。我正好开了个小面包车，朵拉要我把她的一些亲戚送到俚城去。朵拉家住在临河镇，距俚城四十里地，路不好走，要半个多小时。回来的时候车上只有我俩。她坐在副驾驶座上，心情不错，她换了浅色的衣服，但头发还是耸起老高，插满了固定用的器具，还有一枝塑料梅花。这里的新娘子全要弄成这个模样，不是为了好看，只是让别人看了知道是怎么回事。

那天难得出了太阳，回去这一路，明晃晃的，光斑在柏油路面上轻微地跳动。朵拉往我这边靠。她说她累了，叫我把车开慢点。她忽然把手搁在我右腿上，看似不经意，实际上不可能是不经意的——她得侧着身子，尽量伸长那只手，才能搁到地方。我看看她，她看向车前，脸上似笑非笑。我腾出一只手摸着她的手，并用自己肥硕的指头和她纤长的指头绞在一起。她笑了，却仍然没有转过头来。车子晃来晃去，在乡村公路上跳跃式前进。我忽然感到有点幸福，幸福像一盆洗脚水一样，哗地一下劈头盖脸浇来，叫人猝不及防。我想，这可是朵拉结婚大喜的日子呵。

我叫朵拉给我点一支烟。她从工具盒里取出了纸烟，夹在自己嘴里点燃，呛了一口，然后倾斜着身子插到我嘴里。

有口红的味道。我说，这可是间接接吻呵。

她说，你以为？

我摆出恍然大悟状，说，呃，差点都忘了，又不是没吻过。

她脸微微泛红，说，去你的，今天我结婚……

我说，我知道，我知道，你放心好了。

车子已离临河镇很近了，她不可能再把手搁到我的腿上。她父亲是当地中学的校长，人缘蛮好，镇子上大多数拿工资吃饭的人都认识他，也顺便认识朵拉。一路上不断有人跟朵拉打招呼，还没忘了夸她今天真漂亮。朵拉那天心情没法不好。一天里头有上百人夸自己漂亮，心情肯定好得一塌糊涂，像喝了半斤烧酒一样。

我说，结婚还是蛮好，没见你这么高兴过。不过头一次结婚，没经验，容易激动也是常事。

朵拉说，小丁你也结个婚算了。

我说，没准亲妈还没生下来呢。

朵拉扑哧一笑，说，乐观点，不要那么绝望。她说着跳下车去，她妈和她爸爸站在家门口等她。在乡镇上土皮便宜，她家盖了很大的一栋楼房，三四层，那天都披满了红布，还结着硕大的绣球。我算了算，把那些红布剪裁了，起码可以缝几百条裤衩。

当晚就住在她家里，还有小兰小凤等医专时的同学若干。地方上有这样的风俗，明天要出嫁了，姊姊妹妹们应该守着她一个晚上。我和朵拉的一些亲戚打了整晚麻将。我一座那几个都是牌瘾大牌技差的家伙，搞到凌晨三四点，我这个臭牌手居然没输什么钱，很是奇怪。

我去了一趟厕所,厕所在靠大门的楼梯间下面。楼梯是旋转式的,因此可知她家的房子大概是九二九三年建的,那两年流行螺旋楼梯,就像现在流行用浮雕砖砌墙一样。方便完了,我蹲在楼口那里抽烟。这时我看着朵拉半裸着下楼来了。她没看见我。她伏在一楼二楼之间的一个窗子上,看向外面。我这才知道杨力和他组织的迎亲队伍已经驻扎在大门外了,时间没到,朵拉家的大门不能为他们打开。朵拉家里还请了一些熟谙婚仪的人,到了时间也不让杨力轻易进来,要用脑筋急转弯的题目刁难他,还要向他讨红包。

朵拉却有些难为情,看着杨力和杨力的朋友在外面发抖。那天清早很冷,我估计顶多也就两三度,但朵拉却发神经似的要穿婚纱。婚纱后面的拉链还没拉上去,她可能就接到杨力的电话了,跑到那个地方。

她回头看见了我。她下了几级楼梯,跟我说,帮帮忙,拉上去。她把背留给了我。顺着开襟的地方,露出一片"V"字型的白肉。她没戴胸罩。

我的手有些发抖,拉了几下,愣没有拉上去。这时小兰来了,她在旁边看着我无计可施的样子,开心地笑了。她说,小丁,你的手抖得那么厉害,怎么拉得上去呀?

我说,冻坏了,妈的这天气。

小兰一下子就把拉链拉了上去,嗤啦的一声,朵拉背后那大一片白肉就不见了,只剩下脖颈仍嫩白如昔。这时朵拉若有所思地回过头来,恍恍惚惚地看着我。

那天，作为女方送亲团的成员，我还随着朵拉去了杨力家那边，受到了款待，喝酒从中午一直喝到晚上。晚上，我已经看不清是在和谁喝酒了，反正只要能睁开眼就看见一杯酒横在眼前。杨力也醉得没个人样，张着嘴巴傻笑。他说他很高兴，感谢这个，感谢那个。他感谢我的时候，我说不用感谢，今天我也很高兴。小谢或者别的谁就在一旁吃吃地笑了。我听见有个声音揶揄我说，小丁，你他妈高什么兴啊？

　　我也说不上来。晃动着被酒精泡大、大如水瓮的脑壳，我只知道自己确实很高兴。

환线车

王常约我那天的状况，我仍有印象。云色和天光都有些异常，看似阴沉却又刺得眼睛几乎睁不开。王常打来电话，约我在一个地方见面，说是有活，工钱蛮高。去到街上，俚城的街道仍然脏乱不堪，街上那一张张纷至沓来的脸孔，我看着都眼熟，又全不认识。还有环线上那些你追我赶的公汽——没人会像我这样注意到这些车的行驶状况，七路车是按顺时针走环线，八路车则是逆时针。如果在站点上等，半天也等不来一辆，但稍一闪神，接连几辆橘黄色的七路车或者浅绿色的八路车排着队拥过来，进站前的两百米便开始冲刺，哪辆冲到前头，就能多抢乘客。落在后头的车往往不停，径直驶向下一个站点抢客。

　　快走到王常约我的地方，正要穿马路，一辆七路车咣地在我眼前刹住。我听见小妍在车上问我,尖细,上来啵?她以为我又在马路上散心。我说我有事。小妍说你能有什么事?我告诉她,亲爱的,是人都要赚钱。她笑着骂了句脏话。车上的乘客发牢骚了,于是这辆车在我眼前一截一截地挪开,像推开一扇折数很多的屏风,亮出对面街景。王常还没有来,我站在路这边抽烟,看着那辆车离去。在车尾,喷着半裸美女,其身体裸露的地方溅满泥点。公交车站在两百米开外,但如果认得司机或售票员,公交车可以在任何地方停下来,像打的一样。伺城的公交车全这样,有时候,我喜欢这城市杂乱无章的感觉。

　　我是坐七路车时认识小妍的。环线并非绕着城市外围,而像一挂弯弯肠子藏匿在城市里面。坐环线车绕行环线一圈,需要五十分钟。

　　前年我和三光合买一台铲车,想在伺吉公路上做事,但二手铲车不停出故障,十天有八天待在维修站,弄得我俩灰头土脸。那时,我和三光租住在胡麻地,环线的西南角。铲车送修的时候,我俩成天在屋子里抽闷烟。我觉得这样憋下去早晚出问题,于是走出那屋子,逆时针沿着环线行走,想找一找消遣时间的方法。正好一辆七路车来了,我招招手。虽不是熟人,司机也踩了刹车。只要付一块钱,我就可以在环线上坐一圈,然后在原地下车。以后那段时日,我就是依靠不停地搭乘环线车来改善自己的心情。事实证明这行之有效,而三光,他不懂得调节心情,结果在房子里闷坏了。有一晚他走在街上,无缘无故就把一个很细的细妹子搞了，这不，他一直都在蹲监。

三光进去了以后，有一天我顺时针沿着环线走，没想清楚去哪里，或者干什么。正走到上坡路段最不适合停车的地方，一辆七路车发出嘎的一声在我身边停下来。售票的女人说，喂，你要不要上来？我前后看看，并没有别的人，确定她在叫我。她不算漂亮，但是年轻，外加丰满。她说她知道我喜欢蹭环线车，坐一整圈又下去。她说，在俚城，喜欢蹭环线车兜圈的有好几个，基本都是中年男人，有时会有个把女人。但别人我都记不住。她冲我笑一笑。那以后我就认识了小妍。小妍愿意和我谈谈恋爱，即使知道我正穷得叮当响也无所谓。我的铲车一直不能替我赚钱，心情没她那么好，只想着把她快点弄上床，以解决身体的寂寞。但她并不像我原以为的那样好弄，在性这个问题上，小妍和我外婆一样持保守态度。

……我看见了王常。他是三光的同乡，通过三光我们认识。王常开了侦探社，先是找老乡帮他做事，他这人乡情观念挺重。但搞了一阵王常才意识到，搞侦探是技术活，不是抬岩挖生土，有两把力气就能干。三光这人稍微有点木讷，显然不是搞侦探的料。三光推荐我去，王常觉得我还挺管用的。那以后我们就有了业务的往来。

我走过马路，老远跟他打招呼。这个扁鼻子扁脸的男人什么都干过，但也没见有什么财运。去年他开私人侦探社，牌子还悬挂在大街上，生意还没搞起来就被工商局查封了，理由是没有注册。他想去注册，工商局的人说这种社团不予注册，大概是民政局的事情。王常又说，那不叫侦探社了，改叫侦探所行啵？工商局的人说，你怎么不直接改成派出所呢？王常只好骂工商局的人狗屁都不懂。那以后他侦探社的生意照样做，但不能打广告，只能通过熟人介绍，暗地里做生意。

　　王常为了省钱，没请我去酒吧喝酒，只是和我站在马路牙子上说事。这就有点不伦不类，私人侦探之间的工作晤谈，竟然发生在人群如流的马路上。我精力涣散，老是看路上的行人。其实谁又在乎路边两个男人在嘀咕什么？王常交给我一张照片，上面是个男人。他叫我最近一段时间跟踪这个男人。如果他拽个女人干偷情之类的事，那我就得想方设法拍下来，当成证据。我歪着嘴说，又是这样的事啊，这回给我多少？王常说先给我一千块钱活动经费，相机他可以提供，别的设备由我自备。如果拍到符合要求的照片，那我将得到五千块钱的报酬；如果有狗男女裸体相拥的激情照片，他还会酌情增加报酬。我只是问，他肯定有问题吗？王常说，那还用说？没有问题他老婆花这笔冤枉钱？

　　我看看照片，那男人确实英俊，如果他想搞搞坏事，那肯定有女孩飞蛾扑火般栽在他手上。但我感兴趣的是，这男人的老婆是什么样的人，要付出这笔钱来检测男人的忠贞度。在以前，往往是有钱的老男人让王常调查他们明媒正娶的小娇妻或者包养的小情人是否红杏出墙。调查结果说明，这样的事总是有的。

……还能是什么样的女人？骚婆。王常这么回答我。他还告诉我有关这男人的一些情况。我心不在焉地听着王常讲述，同时想，王常给我五千，那么，那骚婆给他的又是多少？我怀疑起码是一万以上。他的私人侦探社从来都干着掮客的勾当，有了生意就发包给别人。和王常分开后，我往回走，看见一伙民工站在马路边等着打零工。他们很便宜，三十块钱就可以雇一天。我突然有了一个想法，当个二包头，把王常发给我的活转包给某个民工。我想，如果付一千块钱，即使要他们去捉奸把狗男女光溜溜赤条条绑在床上，他们也敢做。但是要照相呢？如果民工把数码相机捏扁了，我需要的照片一张都没拍到，那又怎么办？我抽着烟离开这堆人，脑袋里想着到哪里买一把质量好并经过 QS 认证的改锥。

我要跟踪的这个男人叫梁有富。见他上了一辆八路车，我后脚也跟着上车。车内很空，稀稀拉拉地坐着五六个人，晃得厉害。扶梁垂下的拉环荡来荡去，碰撞有声。他显然是个懒散的男人，四十左右，衣裤有些皱，像电影里南霸天穿的香云纱。我怀疑那布料很贵，因为他老婆有钱。这种老婆，如果看见老公穿着一身地摊货，是会气出妇科病来的。接下来，我看见他把皮鞋后帮踩平了，趿在脚上当拖鞋穿。

忽然对他有好感。

他也吸烟，吸一大口然后拧开玻璃对着风喷烟圈。虽然贴着严禁吸烟的字样，车内的烟客照吸不误，包括卖票的女人。在"严禁吸烟"的油漆喷字下面还贴着市公安局胶皮的告示：……严禁扒窃；严禁吸毒；严禁卖淫；严禁嫖娼……

俾城只有这一条环形线路，像是一条皮带，把松松垮垮的城市捆扎得紧凑一些。公汽频繁到站，频繁出站，车内始终空荡荡。梁有富这个人一动不动地坐在车腹那个座位上，抽烟。跟踪这种毫无戒备的人，我的一切隐蔽行为都会显得自作多情。我盯他一阵觉得没意思，遂把眼光甩向窗外。那些横七竖八忽高忽低的建筑；那些穿着漂亮衣服却耷拉着脸的女人；那些衣衫褴褛脸上却是欣欣向荣的泥瓦工；那些在正午两点钟阳光下暴晒的孩子；那些皱纹里藏得下蚯蚓永远坐在街边发呆的老人……我看得累了，刚想合眼，忽然又睁开了向梁有富看去。这个人还好好待在那里，仿佛被焊在车椅上。

梁有富下车的地方正是他上车的地方，一小时前我从那个花坛后面走出来，跟他上车的。他在便利店买了一包烟，之后走进小区的七幢四单元。我估计他当天不会再出门了，就停止跟踪，找一辆七路车搭回住处。我住向阳坝，环线正东边。

向阳坝被铁路穿过，出租房很便宜。每晚我都会被火车闹醒好几次。小妍却很喜欢这样，每天下了班她都很累，躺下来就睡。火车的鸣声就成了她的闹钟，闹醒了以后就推一推我，问我醒没醒。如果我也醒着，那就做做爱。做完了以后她倒头就睡,等着下一次被火车吵醒。一开始那几天很兴奋,后来有一阵我很痛苦,现在既没了兴奋也没了痛苦。

小妍进屋时我在看电视。她一边换衣服一边问我今天干什么去了。我告诉她,又在七号车上蹭了一圈。小妍问,早上你不是说是在赚钱么,怎么又蹭车玩了?我把大概的情况讲给她听。其间她老插话,问我那有钱的女人是什么样子,是不是很丑,所以担心自己的男人搞外遇。我说我怎么知道,这活是王常转包给我干的。我很详细地说起了那男人的样子。我没想到他也喜欢搭公交车在环线上兜圈子。小妍忽然想起什么来,又问,这个男人喜欢把皮鞋后跟踩扁了当拖鞋穿,是吧?我告诉她是这样,并问她怎么知道。小妍回答,他上车老坐在那个位置,偏着脸往外面看,绕了一圈以后他总是在西塔小区那里下车。有三四次,我就对他有印象了……我说,你说过,蹭环线车兜圈的人里头,你只对我一个人有印象。

……这话也没有讲错,当时我只对你有印象,跟你讲过这话以后,我才注意到这个人。小妍忽然变聪明了,很好地躲避我的问话。我问,那你有没有专门把车停下来,主动把他叫上车?她并不瞒我,说,有,只有一次。我看着她细长的眼睛,又问,结果怎么样?

结果他就上来了,我多卖出一张票。她扑哧一笑,问我是不是吃醋了。我在回忆那个叫梁有富的男人。他和我有着相同的爱好,跟踪他我不觉得累。我愿意进一步去了解这个男人。

另一天王常把说好的一千块钱付给我,并问我有什么进展。我告诉他,连日来我兢兢业业地蹲守那个男人,暂时没发现情况。王常说,不要急,款婆既然肯花钱,这里面肯定有问题。谁的钱都不是白给的,何况一个靠精打细算起家的款婆。我问那款婆是不是长得丑。王常说,怎么啦,是不是不想干活,想去泡款婆？我说,不是,我只是在猜这款婆长得什么样。王常说,不太年轻,但长得不错,反正不丑。王常说了等于没说,我仍不知道那是怎样的女人。他走后,我把钱点了一遍,又逐张辨真伪。上一次他给我的钱里头有一张是假钞,事后他翻脸不认账。

以后几天,梁有富没有去蹭环线车。他所在的西塔小区附近新开张一家电玩店。他一改以往死气沉沉的面貌,像个半大小孩成天泡在里面,想玩哪台机玩哪台。在电玩店待久了,我手痒得不行。反正梁有富丢不了,我也就玩上了。我不喜欢游戏机,但喜欢投币机。那天我在投币机前占一个位子,用五十块钱的游戏币作注,不断地挤占放置奖品的平板,想把里面那张一百块钱挤出来。五十块钱的游戏币用光了,那张一百块钱已经岌岌可危,眼看着就要掉下来。也许再有十块钱的币,那一百块钱就属于我。于是我很犹豫,如果离位去购币,位置肯定被别人占了。我扭扭头,想找个小孩替我买十二块钱的币,让他回扣两块。这时才发现梁有富站在我身边,静静地看我怎么玩。他知冷知暖地递给我一把游戏币,我也不多说,接过来继续往平板上投，不多久那一百块钱就从槽子里掉出来。我拿到了钱，一扭头，他在那边玩篮球机，拉一个小孩跟他一块投篮。小孩总是将他已经投进筐的球砸出去。

王常平均每两天给我挂一个电话，老问拿到了照片没有。我跟他说，梁有富并没有在外面乱搞女人，照片怎么拿到？王常说，守株待兔的搞法要是不行，就要想想办法。我说，想什么办法？我甚至都想变成女人把梁有富勾引了，只要他上钩我就猛搞自拍，然后，OK，有照片交差了。王常在那头嘻嘻哈哈地说，这也不失为一种思路。

那段时间我每天跟踪梁有富，暗自惊讶单调的生活竟如此趋同。在这种人身上，实在看不出来还能有意外发生。我跟了他个把月，跟踪正变成我的日常生活。开始那几天，小妍每天都打听我跟踪的情况，过几天就没兴趣了。她迷上了买彩票，把几个数字当数学钻研个不停。小学五年级以后她数学就很少能及格。一个人偏要拿缺陷当特长使，真是很要命。

那天一早，我仍强打精神去跟踪梁有富，在西塔小区门口花坛后面蹲守。如果他去电游店，我也觉得没心思。我已经在里面玩腻了，王常给我的一千块钱基本消耗在这家店里。梁有富一出现我就觉得不对劲。我精神为之一振。这天，他把自己恶狠狠收拾了一番，从头到脚，皮鞋也不再是拖鞋了，鞋后帮子立了起来，完整地包裹着脚踝。他果然不是去电游店，而是从前门上了一辆七路车。我从后门跟上车，悄无声息地找一个末排的座位坐下。正是小妍卖票的车，她冲我微笑，没叫我买票。她也看见了梁有富，就知道我在干正经事。她的微笑和眼神饱含着赞许和鼓励，并因为知道我这工作隐秘的部分而得意。梁有富没有兜圈子，过了五个站就下车了。我跟着下去，从小妍身边经过。她重重地在我屁股上拍了一掌，又用鞋尖很亲昵地踢我一下。我小腿肚一阵轻疼。

梁有富去了火车站。他在窗口买票时我只有拼命挤向窗口，以打听他的去向。他搭半小时后那趟车去朗山。我没买票，直接进到站台上的那趟车，和他不在一节车厢，但我自信不会跟丢。

到了朗山，梁有富出站后打一辆赭色的士往南边街走。我叫了一辆绿色的士，上车就指着即将消失的赭色的士屁股说，兄弟，跟上去！司机很年轻，仿佛是我多年前开军车时的样子，他说，好嘞，你是警察吧？他车开得很快，有点毛糙，看出来跟踪令他变得亢奋。

梁有富到朗山果然是为了找女人，那女人早就在路边迎候他了。我把王常给的数码相机拎在手上，好似拎了一把小手枪。一遇时机，我就会躲在某个地方朝梁有富以及那女人咔嚓几下。那条路很窄，夹道是硕大的剪成球状的千年矮。走到尽头是一家宾馆。梁有富走了进去，我待在外面。墙壁都是玻璃。梁有富在咖啡厅里泡一个女人。宾馆的外坪很宽，偶尔有几个人走来走去。我坐在花台子上，把脸藏在一棵三角枫后往里张望。我眼睛能把两人看得清清楚楚，但数码相机不能拍出来，因为有玻璃幕墙。天色半阴半阳,一团浑浊的光正好罩住两人。如果强行朝那边拍照,逆着光,照片上只会是一片浑浊。那女人免不了很漂亮。她保养措施到位,我猜不出她的年纪。毫无疑问,眼前这个女人就是款婆潜在的敌人,款婆付了一笔钱就是要确认这个女人的存在。这时候,我忽然很想把这女人拍得漂亮一点,更漂亮一点。最终照片呈现在款婆眼前,首先就要让款婆被自己的唾沫呛一口。

他和她从咖啡厅走出来,往街上走。我以为他们会遛遛街,像年轻人一样做出恋爱的模样。朗山离俚城有好几个小时的车程,他俩在这里有了安全感,可以逛街。偷情男女大白天挽着手走在一条街上,其感觉肯定比两口子来得有趣。我从女人的脸上看出这一内容,但梁有富这个人显然不太懂味,依然魂不守舍,抽着他的烟,眼神似看非看,陷入无限虚茫当中。这时我暗自艳羡梁有富的色运,面对这么香艳的女人,他也能安之若素。不晓得要在多少个女人怀里泡过,才能修炼出一脸麻木不仁的样子。

他俩走走停停,再往前面是商业街,女人看见服装店和化妆品店就迈不动脚,要进去看几眼。节奏一慢,我的机会就多了起来,给两人拍了不少照片。我也考虑过梁有富会不会发现并认出我,我改换了发型并戴着巨大的墨镜。梁有富的神情永远游离世外,他哪来的闲情逸致留意我是从哪旮旯钻出来的?他俩原路返回刚才喝咖啡的那家宾馆,坐电梯到楼上的房间。按理说,我手头的照片可以向王常交差,但是这照片没能把他俩的关系拍得明白无误,我担心王常找借口克扣我的工钱。站在宾馆外面，想象着这对狗男女在豪华房间里乱搞，想着梁有富很平静地享受着那美女的细皮嫩肉，想着豪华床褥吸走了他俩身体扭动时造出来的任何声音，我心尖子轻颤几下。王常给我的经费太少。如果像国家特工一样不惜成本地干一件事情，那我可以用进口设备（甚至可以调用最新款间谍卫星）观看他俩现场直播的色情电影，录制下来到款婆那里换取大笔美金。款婆付足了钱以后，她会不会看得鲜血狂喷，那就与我无关了。

我扼制自己的想象，就近找一家小旅社住下来。回偪城的车没了，要等到明天。旅社的房间里弥漫着一股腐臭味，四人间就我一人睡。半夜有人敲门，一个女人隔着门问要不要按摩。我打开门让她进来，她坦然告诉我她根本不会按摩。我掐亮灯看看她的脸又捏捏她碟形的胸，然后告诉她我没有钱。她长得还不错，以往出门在外碰到这种机会，同时手头还有点钱，我一般不会放过。但这一天，我想想梁有富偷的那女人，就对眼前送上门的她失去了兴趣。我突然想起了看过的《动物世界》节目，拿那作比，梁有富就是食肉动物，自在行走于茫茫草原；而我是食草动物，还陷在了沼泽地区，只能靠食腐草为生，放的屁都是沼气。

能这么比喻么？我自责地说，小妍，我真是对不起你。

次日我十点多才起床。中午有趟车回偪城。当我走到窗前，忽然看见梁有富和那女人从前面的马路走过。他俩换了装束，很运动很休闲，像是去郊游。我改变了计划，决定继续跟踪。我不晓得会跟踪到什么情况，既然打定了主意，我就不再犹豫。他们朝南郊水库走去。两人先是划了一阵船，然后弃船上岸，沿着水库旁的小路往树深的地方钻去。水库旁有一脉山丘，不高，但林木栽种得密不透风。我猜到他们将要做什么事，心里暗自一喜。——我弄不清楚人们内心那些隐秘的想法。很多男女在卧室高枕无忧地做爱，久而久之会倦怠。他们需要去树林深处，去荒郊野外，或者藏在一丛茂盛的芭茅草里享受欢悦，从彼此陈旧的身体上找到全新的体验。我有时候也想和小妍试一试，她听到这种建议就大骂我是一条公狗。

　　我衣服正好是绿的，当过兵以后习惯穿这种颜色，进入树林以后就有了优势，便于藏匿。他俩在矮树林里找了一块稍微平整的地，摊开塑料布坐在上面。女人从大挎包里掏出食物和酒。那种酒颜色浑浊，不晓得是不是可以让男人进一步亢奋起来的药酒。我找好拍摄的角度，蹲下来，像猎人守候猎物。女人兴致很高，梁有富照样心不在焉，我真想走过去一脚踹开他。我痛苦地想，如果女人是我的情人，我肯定能配合得好一点，更热情一点。但怎么说呢，也许这女人就喜欢梁有富这种散漫的，不予配合的样子。那瓶药酒女人喝了一多半，梁有富喝了一小半。女人来状态了，两颊酡红，而梁有富酒量根本还没露出端倪。女人已经拼命往梁有富身上蹭了，没得到应有的回应，女人有点生气，把梁有富的脸拧过来，摆好一个角度，然后把自己猩红色的嘴唇抹过去。好一阵过后，女人把自己身体稍微撑了起来，脱着衣服。她乳罩垫了太多海绵，解下以后胸就小了两圈。但没关系，我发现我喜欢小胸的女人，那昭示着她大脑发达，懂得情趣。小妍完全是相反的一个例子。电视里太多的丰胸广告，让我怀疑是男人们合谋要让聪明女人都自卑起来，然后再把她们变蠢。

在树林中呈现出来的两具裸体，和在席梦思上完全不一样。场面远没有我想象的激烈。女人十分地投入，用眼神，用声音，用身体调动着对方的情绪。我拍了不少照片。其中很多照片几乎就是她一个人的裸照。这不排除与我私人的口味也有关系。我像一只蜥蜴在泥腥味十足、长满衰草盘着匍匐藤蔓的地面上爬行。我找了好些角度拍摄，突然体会到《动物世界》里的节目无非就是这么拍成的。梁有富到底还是被调动了起来。风声、虫鸣还有女人的声音掩盖了我不小心弄出的响动。突然一阵疾风，树木摇曳一阵之后，那地方有数秒钟的死寂，虫子也同时停止嘶鸣。我还在摁动快门，那会产生"嘶嘶"的响声。梁有富突然变得警觉，他坐了起来，两只耳朵像鬣狗那样竖直，抬头环视周围。我只好赶紧贴在地面上，屏住呼吸。

很快，我听见女人愤怒地说，嗳，你能不能专心一点？我再抬起头，梁有富已经被女人摁了下去。女人张开两只藤蔓一样的手臂，将梁有富的脖颈、脑袋绕了两圈还有多余。梁有富那只大脑袋陷进女人并不幽深的怀里。

回到佴城，我把每张照片都洗七寸大，如此一来，那女人发骚的表情都纤毫毕现。洗印店的老梁当时就啧啧地称赞说，这女人真是漂亮。他问我到哪偷拍来的。我告诉他，那地方已经拍不到了，说出来也没用。我要离开的时候，老梁说这女人好像在佴城见过。他问我，是不是佴城的？我说，应该不是，你记错了吧？

我去找王常。他约我去城北一家茶社。我把挑出来的照片分成两包，一包是穿衣服的照片，另一包是裸照，分别塞进左右衣袋里面。搭七路车晃到城北，下了车，我老远看见那家茶社的招牌在灰蒙蒙的空气中晃荡，心里一阵充实。等一下从那里出来，我衣袋里的照片就会变成沉甸甸的纸钞。我已经很长时间没有一次性赚回几千块钱了。

裸照可以卖多少钱？五千块钱，是不包括这一部分的。我心里清楚得很。王常坐在那里吃炒饭，旁边还拧开着一听啤酒。他一边嚼着饭粒一边问我把"货"带来了没有。我说，那当然，未必我带一张嘴巴来喝茶？我把右衣袋那一沓照片取出来给他看。他眼光刚落到头一张照片上，就连声地说，蛮好蛮好，尖细鳖，你的照相技术看样子又长进了。一些饭粒自他嘴角喷溅出来。他再把脑袋杵得近点，看清楚了，忽然就说，不对啊……

我最怕听到王常质疑的声音，但仍然听见了。我晓得，王常最会挑毛病，从而把价格压低。我问，肥肠，哪里不对咯？王常把很失望的表情做得十二分到位，说，尖细鳖，这活你白干了，你拍的照片一点用处都没有。我一时愣得

79

说不出话，盯着他看，看他讲出什么样的理由。他却说，你还要继续跟那个男的，看他和别的女人在一起搞事，再拍。如果还是照片上这个女人，你就不要拍。我问，为什么？他撇撇嘴说，还没听明白？照片上这个女人就是款婆本人！

看样子他不是骗我，桌面上的照片被他推了过来，一张都没拿。王常要走，我拽住他说，肥肠你带钱了吗？再给我一千块，我继续跟踪他。他妈的，我怎么知道这女人是梁有富的老婆？她脑门上又没盖梁有富的戳，屁股上又没贴结婚证。王常拍开我的手说，没有别的办法，你只有拿照片来换钱。兄弟，我手头也紧。你这次的照片拍砸了，我也要断两天炊。我手刚一松开，王常就甩开步子下楼梯，生怕我再拽住他。

回去时搭七路车。到租住的房子，拧开房门就看见小妍满怀期待的脸。早上我告诉小妍今天会去取钱，并自以为保守地说，能拿五千块钱。现在我告诉她没钱，生意砸了，王常一分钱也没有给我。这女人根本不相信，她把我衣裤兜都摸上一遍，甚至里裤都搜遍了，还是不相信。她在我一个衣袋里找出一张银行卡，扬一扬，说，尖细鳖，你把钱存银行了吧？这张卡里只有几块钱了。为了让小妍相信并彻底死心，我把卡夺过来撕断，然后跟小妍说，现在你该信了吧？她脸上顿时失了颜色，骂我是骗子，然后拽一个包出门去。

第二天晚上小妍回来以后变本加厉，神情激动地把我数落个没完，还伤心地哭了。因为昨天她推算出一组组合号，可以搏到一注一等奖，奖金会有好几万。她昨天等我的钱买这组号码。我觉得没有什么遗憾，买彩票就是有这种规律，推算出来却没有花钱买的号码，往往是会中奖。如果当真把这组号买下来了，那么摇号时某个彩球往往会哆嗦一下，不肯滚出来，整组中奖号码就会为之改变。我准备拿这些道理去劝说小妍，但她不肯听，她觉得自己掉了几万块钱。晚上十二点她再次摔门而去，房间里只剩下我一个人。我没有追出去，相信她很快就会回来。对女人我并不是里手，但小妍这样的女人我还是拿捏得准。

第二天我睁眼时小妍果然已经回来，还给我带来热腾腾的灌汤包子和一塑料袋豆浆。

你醒了？没事你就再睡一会。她冲我说些知冷知暖的话。我喜欢吃灌汤包子，就像她喜欢买彩票。吃包子的时候她先是用力憋着想让我先说话，但我吃得很香，懒得说话。

那天小妍不用上班，我看看时间不早，也不想出去找事做。在床上赖着，我心情忽然坏了起来，越想越觉得自己不划算。我花耗太多时间，还产生了一些费用，工钱和费用都应该算入成本。如果我在朗山的小招待所搞了那个女人，这笔钱也应该打入成本，我就亏得更大了。这成本怎么算也有两三千，王常却只给我一千。再说，王常事先没有很好地履行告知义务，我弄出的误会和他有直接关系呵。既然这样，这次失误不应该由我承担所有责任……

我不是经常发呆，一旦发呆，小妍就看得出来。她问我脑壳里在想什么事了。我告诉小妍，王常没理由不给我钱，我打算去跟王常讨要这笔钱。让他把五千块钱全数付给我不太现实，但至少他还得再给我两千，这对双方来讲都很公道。小妍担心地说，要是他不打算给你怎么办呢？王常是混社会的，躲债的办法总是比要债的办法来得多。我说我会打他一顿。要是他以我打了他一顿为借口赖账，我就再打他一顿。小妍说，那你要考虑好了，打得赢再打呀！我笑她瞎操心，提醒她别忘记我是个当过兵的人，她脸上担心的表情这才淡下去。

接下来的几天里，我拨了无数次王常手机，总是不在服务区。这使我心情日益烦躁起来，打算去他的事务所找他。那天我去到王常的事务所，抬头看见门梁上的招牌已经换了，换成"苹果英语俱乐部"。我以为王常又换了新招对付工商局的盘查，走进去只看见一些年轻的女人，张口就跟我摆外语。我问她们，以前租这门面的王老板哪去了。妹子这才把舌头转过来，用中国话告诉我说，他老早就不在这里了，公安局也来找过他。

这时我才确信，王常已经隐身了。据我所知他十三四岁就开始过借债躲债的生活，后来敢麻着胆子开侦探社，是因为他寻找那些试图躲藏的人很有一套，别人藏身的方法他大都体验过。王常存心躲藏的话，大概只有给福尔摩斯镶上西德狼狗的鼻子才能找着。

接下来一段时间没事可干，出去又没钱可玩，只好窝在屋子里睡。小妍并不愿看见我睡懒觉。雨季已经开始了，空气潮而霉，小妍很担心我在床上睡出病来，死活把我拽起来，陪她一块上班。她让我陪着她在环线上一匝一匝周而复始地行进。坐在七路车上，我时不时会想起梁有富。当大量座位失去臀部摩擦的时候，我就会想起那个男人，觉得他应该坐在某个位置上。陪着小妍卖票的那些白天，我试图能够碰见他，哪怕一次。某天下午我似不经意地问小妍，那个梁有富，就是被我拍过照的那家伙，好像一直没有看到啊。

小妍警惕地看着我说，怎么想起那个人来，你是不是想拿那些照片……我赶紧说，你怎么突然变得敏感了？我只是随便问问。小妍表情仍然怀疑，嘴里却在夸我，那就好！

是啊，我暗自想，难道仅仅是想见他一面吗？我有这点不好，亏本的事不愿意做。如果想看裸照，上网找找，要多少有多少，要多裸有多裸，像猪肉案子一样，想找哪一块就拎得出哪一块。手头那堆裸照，拿来欣赏的话我实在看腻了。我相信这些照片能够产生一些经济效益。照片上的女人如果看见这些裸照，难道不担心自己那么多白肉晾在外面受风凉吗？

那天早上天空晴朗，万里无云，我估计会有什么好事。到中午时一个陌生电话打来，一接，却是王常。我想这就对了，得揪住他要钱。转念一想，揪住他了，他未必就肯给。再说，他随身能带多少钱？……王常，我还是要跟你旧事重提。我性子急了一些，他刚说他是王常，我就抢着讲话了。我说，上次那堆照片，我自认为干得非常尽心尽力，你是人的话就应该把那笔工钱全付给我。你穷穷一两顿饭，我穷就会断掉半个月的炊烟……王常打断我说，那堆照片还在不在？我继续摆明自己的态度：退一万步说，四千你不掏，三千块钱是少不了的。王常说，一码事是一码事。我问你，上次照的照片还在吗？我说，还在。他爽朗地说，你拿照片过来。我身上带的现钱不够，马上找别人凑一下，三千块钱今晚给你……你知道别人欠我多少钱吗？你这点钱跟别人欠我的钱比，算个鸟啊。

我不想把问题搞得那么复杂，对他说，王常，我就知道你不是那种人。你说个时间地点。他就说了一家茶馆的名字，晚上九点钟见面，挂断前还时髦地说声不见不散。挂了电话我反而惴惴不安起来，和王常打交道可从没这么顺畅过。

晚上依然显得很顺。我到茶馆时王常已经在等我。我拿照片给他，他很不经意地翻看一遍，并点点数量。他根本就不知道这里面有好多张，所以点了几张就放桌上了。他问，全在这里吗？我说，你放心，全在。王常把钱拿出来了，并作势要递过来，我这才……他突然手腕子一翻，问我，你是不是存得有电子档？我说，我为什么要存电子档？讲出来不怕你笑话，我连电脑都没有，只洗了这一套，别的文件全洗掉了。王常点了点头，把钱递过来。我一数，真是三十张,毛主席的红色表情和我心情一样好。

回到胡麻地租住的房间,小妍打开门时笑脸迎面。我心里一热,把钱悉数交给她。她问三千块钱怎么得来的。我也不隐瞒。她听了以后蹙起眉头,说,王常从来都不是爽快的人,付钱想方设法总要扣一点。今天突然变了个人,不是有问题吗?她这时候做出很聪明的样子。其实我早就想到了,事先没想到,因为最近手头太紧。白天,王常的电话打来时我正昏昏沉沉。拿到钱时还高兴,离开茶馆坐上七路车,我就想到这个问题。王常能付我三千块,他又能靠这堆照片赚下多少?他是把握十足买下这堆照片的。

依我看他肯定是要……小妍进一步装得聪明起来,摆出恍然大悟的样子。

不要说了,你想到的事我都想得到。王常打的什么鬼主意,路人皆知。但照片上的女人在哪里,我找不着,王常却知道。这笔钱活该王常这杂种赚到手。小妍不无安慰地说,这种钱不赚也好,赚到手也不安心的。

小妍说话时,我忽然想起来,洗相片时老梁建议我刻一张碟,再把相机存储器清空。我就刻了一张碟。那张碟肯定摆在屋内某个地方。


那辆铲车越修越坏。有一次探监时我就跟三光打商量,说把铲车卖掉算了,再拖一阵,可能也就是卖废铁的价钱。三光说那好,我的那份钱你下次看我时带过来,存到我们监狱的小卖部。这里面没有女人可搞,尖细鳖,我度日如年。看样子我应该抽几包好烟。

卖了铲车,我闲着没事打了半个月的牌,手里的钱看着看着就少了。我还得出去做事。我的手指缝很宽,人家都说这种手相留不住财。环线公路要改造,两侧的排污管要增粗,路面也要用新标号的混凝土进行硬化处理。我会开车,找个活不难。那一阵我在环线上帮别人开大卡,把水泥细砂拖进去,把工地废料一车车拖出来。因为施工,环线经常堵。

那天太阳暴戾,堵车的时间长,往前面望去,上百辆车奄奄一息堆满公路。卡在我这辆车后面的是一辆白色进口跑车,车标像把三股的鱼叉。我认不出来这是什么牌子的车。车主闷在车里,前挡风玻璃正好折射着阳光。阳光太强,车主甚至让刮雨器摆动起来,去刮玻璃面上的阳光。阳光同时又很顽固,像牛皮癣一样贴死了车玻璃,刮雨器显然无能为力。一刻钟过去了,车主被阳光搞得头昏脑热,只好拧开门走出来透透空气。是个女的,右手捏着一块硕大的手机跟谁打电话,一派业务繁忙的样子。她戴着墨镜,镜面泛着绿光。那只手机硕大,打完了就挂脖子上,像晨跑的老太太挂着的收音机。

我认出来就是那个女人,被我拍过裸照的款婆,墨镜掩不去她风骚的眼角纹路。我不动声色地看着她,她游目四望眼光没有焦点,电光石火之间也曾和我的眼光撞一下,又迅速弹开。她哪认得我是谁?款婆打电话叫来一个比她年轻但比她丑的女人。款婆管她叫小王。那小王人打车往这边赶，赶到最近的路口再一路小跑跑到款婆面前听吩咐。然后，款婆撇开进口跑车，自顾离开堵车路段。小王留在公路上替款婆守那辆动弹不了的跑车。

　　前面的车缓缓地动起来，但是一直不畅，时不时地停下来。我把卡车开到工地后，找个事由跟车主请假，离开工地，顺着刚才的方向继续往前走。走不多远又看见那辆白色跑车。路时而通畅时而堵上，我走得甚至比那辆跑车快，经常停下来等车。那天我跟这车来到一幢暗红色的大楼前面，是一家公司，森诚地产。我听说过的，佴城屁大一点的地方，没几家能叫上名字的公司，森诚地产是排在前面的，业务从佴城做到了省城，总部仍搁在佴城。小王把车从一侧的通道开往地下室。我往这幢楼前面横过去，又折回来。一楼的玻璃幕墙像是单反镜，里面影影绰绰什么都看不清。

　　雇我的车主有一天随便找理由把我换了，安插了他的一个亲戚。他说我请假太多，但我拍着脑袋回忆，只记起来请过一次假。我又变得无所事事，找回了睡懒觉的习惯。好久没出去找事了，小妍从不说什么，甚至她笑的时候越来越多。我反而隐隐地担心起来，当她越来越具有好女人的品质，我便愈发地相形见绌。每天，我去楼下买一份《佴城晚报》，专找招工广告栏看，在中缝里面。看了几则都有学历要求。也有要退伍兵的，那是保安公司。我觉得保安是很窝囊的职业，给根棍却不敢拿去打人，挂在裤裆上像鸟一样成天晃着。我眼睛总是滑向招聘栏的右侧，一连好多天，那个版面都画着微微发蓝的别墅，尖顶，像锥子，锥子上面的天空也被画得很好看。别墅是森诚地产搞的，叫森诚世纪花园。为了让人觉得物有所值，广告画的旁边罗列了大把大把陈词滥调：精品名楼身价象征、意大利籍设计师、欧陆风情原汁原味、立体多功能社区、折扣价享受贵族服务……

我学电影里那些失了业的倒霉蛋的样子，拿一支笔在中缝招工广告里画圈。几天下来，我也没画几个圈，但我画的圈实在是越来越圆了。有一天我看见一则广告，森诚地产要招一名司机，还说工资面议。我毫不犹豫又画了一个圈，当即把电话拨了过去。电话里冒出个女人要死不活的声音，问我基本的情况，然后说要我等，到时她会打电话通知我去面试。差不多一星期，没任何电话打来。我又在报纸的招聘栏里画圈了。电话是在十天后打来，要我去面谈一下。打电话的妹子跟我说，这次招的司机是给他们公司的总经理开私车，要去总经理那里讨一讨眼缘。她示意我穿着上讲究一点。我只好把久未收拾的脸刮了一番，衣服也用力抻平了。我轻车熟路去到森诚地产，是那天被我跟踪的小王先行安排。我并没有立刻见到总经理。小王给我一个号子，17。我变成一个号子，等着被传唤。在走廊里还有几个冲这份工作来的，我前面的16号是个女的，不算太老，长得还可以，领口开得超低，小半个乳房晾在外头。我设想自己是总经理的话，当然是先考虑她啦。有个应聘的秃顶男人把女人的领口看过两巡,就挺有自知之明地走了。我之所以不走,是忽然想起了那个款婆。我怀疑她就是这里的总经理。如果是这样,16号的低领口就毫无意义了。

叫到我的号了,走进去,那张办公桌大得像是赌桌,可以供五十个人围着押大押小。办公桌后面坐着的果然是款婆。她并不看我,而是看电脑屏上的股票走势图。我走近了,她把鼠标揉来揉去,仍没有看我的意思。我低头看看桌面,最显眼的位置有一枚竖格式的信封,上面写有"束女士心蓉 台启"的字样;旁边有一沓名片。她的名字现在我知道了,叫束心蓉。上面没有手机号,只有座机。还有她的电子邮箱。拼音这东西我还是懂的,前面的字母串是她的姓名全拼,后面跟三个数字168,再后面是圈a,yahoo.com.cn。

她坐的椅子奇大,转起来却很灵活,没一点声音。她把身子扭正了看我,我也得以近距离看到她的模样,看得出她一些不算年轻的微小细节。我恍然想起那天在朗山,趴在矮树丛中看见的她激情涌动的样子,心底顿生一种亲近的感觉。相对于门外的18号、19号和前面离开的一把号,我觉得自己似乎离这份工作更近。我盯着她的眼睛,想在眼神相会时让她心里"格楞"响一下,唤起一股似曾相识的感觉。她用不平不仄的声音问了我几个问题,又轻轻地看看我的长相,就说你可以走了。她甚至没有说回头等她电话通知。

我走了，心存希望，但又是一大段时间白捱了。她并没有把电话打来。

到了探监的日子，我去监狱里看三光。早上先去他姐那里取了探视证，然后买了两条烟几包槟榔一块拎去，卖铲车后他应得的那份钱也别在腰上。这笔钱三光本来打算让他姐拿着，但突然改变了主意，要我帮他把钱存起来，谁也不给。——所以今天我不让她来，叫你单独来。三光这么跟我说。我不知道他们家发生了什么事，也管不着，只是问，这钱往哪里存啊？三光说他一个提包的夹层里摆得有存折以及银行卡。我记起来，他被抓走后，那黑提包一直是我帮他拿着。问他密码，他要我摊开手心，并用手指写了一组数字：591168。我默念一遍，我就要一路发。

从监狱里回来，我并没有把钱存入三光的账号，而是存在我自己的存折里面。我想，反正他出来以后我会分文不少地交给他。

我终于把刻有裸照的光碟找了出来——那东西夹在一本旧杂志里面，差点被小妍叫个收破烂的收走了。房里酒瓶积得蛮多，书和破杂志只有几本，但小妍看着仍觉得不顺眼。

我头脑里已经形成一个想法，这事情拿到网吧里做显然不合适，那里众目睽睽。我只得去电脑市场淘下一台二手的笔记本电脑；接下来，装网线花了差不多一千块。两样下来就是三四千块钱，我感到一阵肉疼。钱这东西，要是赚不上来就会亏掉不少——常说偷鸡不成蚀把米，其实是废话，偷鸡不成肯定蚀把米。小妍见我又是买电脑又是装网线，便骂我吃屎长大，没赚钱却想玩电脑游戏。我不知道怎么向她解释心里的意图，只好忍辱负重由她去误会。

我把一张裸照作为附件寄到束心蓉的电子信箱。那张照片里几乎看不见平躺的梁有富，只有她赤裸的上身，和激情四溢的脸孔。用鼠标一点，一封电子信件转瞬飞向虚无缥缈中。我以前没在网上发过邮件，对这事有些怀疑。如果不是顾及自身安全，我更愿意把照片洗出来邮寄。在该邮件对话框里头，我告诉她我手头有这样一套照片，很清晰，不知她感不感兴趣，想不想把这些照片买下来。本来想开一个价钱，但马上想到这样不太好，我应该稳住自己，不能让她看出来我是猴急的人。

接下来那几天，我起床第一件事就是上网查邮件，看有没有回复的信件，看束心蓉对我所讲的事感不感兴趣。结果很糟糕，她没回复，垃圾邮件却一来一大把，逃税咨询、代理报关、创业培训、水货轿车、月薪两万诚招男女公关、夜用望远镜跳楼价（据说在日光暴戾的夏日午后，开启夜视功能可以洞穿大姑娘小媳妇们身上薄如……）……也有的信件很直接地询问我晚上是否寂寞难耐，要不要找个价格很合适的女人来陪。

一周后，我发了另一封邮件给束心蓉，附三张照片：前戏、初始、渐入佳境。我得说我那套照片拍得很好，整个过程都记录在案，梁有富实在是个配角，这套照片讲述的只是一个女人的发情过程。掐着手指又过去五天，依然没有回信。我不得不发过去第三封电子邮件，附四张照片，最后一张必然是高潮了，那张和高潮有关的照片乍一看会令人心潮翻涌。

小妍最近对我有些疏远，也许还在生笔记本电脑的气，但我想她已经看出来了，我不是在玩游戏。有一次她正洗着脚，兀地开口说话了，告诉我说，今天又看见那个人了，他好久不来，今天一来又兜了好几个圈才下车。我问，你说谁？小妍回答说，是梁有富啊，还能是谁？刚才我问话甫一出口，就已经猜到了这个男人。我哦了一声，眼睛还粘在电脑屏上，看一篇用星座占卜的帖子。小妍见我没心情聊那男人，就把嘴巴闭上。

那天下午小妍打来电话，说了一个吃饭的地方要我赶去，说是介绍一个朋友给我认识。去的时候，我又一次猜测是梁有富。这一阵他大概闲坏了，蹭七路车上瘾了，而且专门上小妍卖票的那辆车。虽是环线车，但还是被预设了一个起点，同时也是终点，车开到那里就会清空一次。他还想再坐一圈，就得再买一张票。他一次次掏一块钱的钢镚买票，是否也使小妍产生出手阔绰的错觉？我正想着诸如此类的问题，小妍和梁有富两颗脑袋已经在眼前冒了出来。小妍脸上的兴奋和痤疮在大厅的灯下都特别明显，她几步蹿过来抓着我的胳膊，向他介绍起来。梁有富这个晚上穿着淡蓝色的短衬衣，像是超市员工服；军裤；一双质地不错的鞋照样被他踩塌了鞋帮。他是那种确定下来了就不会变的人，包括身上的每个细节。他把我看了看，说，我们好像在哪里见过？我们见过，这是事实，但他说得很客套。

小妍又给我介绍梁有富，煞有介事，说他是个老板。梁有富说你不要这样说，我不是，但可以帮帮忙。小妍是想让梁有富给我介绍一份工作。对上了烟，他就问我，你能干些什么？我说我会开车。他又问，哦，开车还找不到事情做？你开车的技术怎么样？我说，我是当兵的时候学会开车的，自我感觉技术过硬基本功扎实，这么多年从没出过事故。我这段时间无事可做是因为前几年买了铲车，现在铲车彻底坏了当铁砣子卖掉，一时闲下来。

你是运输兵吗？说到当兵梁有富似乎来了情绪，又说，我也当过运输兵，在青海。那是很多年前的事了，我开军车技术也是很棒。你是运输兵吗？我告诉他我以前在42军当侦察兵。我不愿说我是运输兵，因为他也是。

哟，是42军啊，在42军里面当侦察兵可是了不起的事情。梁有富夸了一句。对这些军内常识他记忆牢靠。接下来他主动说有份工作，不知道我愿不愿意做。是开小车，无级变速。车技好的人开无级变速会有些觉得不爽，技术水平得不到发挥，犹如专业摄影师玩傻瓜机。我诚实地说，我车技远没到蔑视无级变速的程度。他点点头，算是把一件事谈完了。接下来我们有心谈一谈当兵的事。当过兵的人都有这样的嗜好，当他们碰在一起，别的喜乐哀愁就淡掉了。但当天我们没有谈进去，他善于把有趣的事情说得很沉闷，而我又不善于佯装听得蛮有滋味。小妍在一旁边瞎着急。

　　第二天一早是梁有富的电话把我催醒,他告诉我那份工作已经搞定,后天就去森诚干活。他还跟我交代说,要是别人问起,就说你是我一个战友的老乡,我们俩并不认识。

　　起床后,我坐在电脑前,习惯性地开了信箱,忽然发现束心蓉回信了,夹在几封垃圾邮件中间。我把她的回信点开,内容很简单:你想怎么样?

　　我一直都在等她的回信,等着她问我想怎么样,偏偏这一晚她将信回了过来。过两天,我应该是去替她开车,做她的私人司机。我一直想告诉她我想怎么样,但现在突然改变了计划。我的回信也非常简单:我想想再告诉你。发送出去以后,我突然意识到是她言简意赅的风格影响了我。能用一个字说明白,绝不用两个字,这是多么牛逼的品质啊。

　　束心蓉竟然躲在某台电脑后面等我,很快就飙了一封信过来:你到底想怎么样?无非钱嘛,多少?王常,你这么做是有失厚道的啊。她以为我是王常。这让我开心起来。我再发一封邮件过去告诉她,我不是王常。她马上回复:好,你不是王常。王常,我从来没有这么宽厚地对待过谁。我再给你一笔钱。前面那十万给你买房,再给你十万买车怎么样?OK,不管怎么样,约个时间地点,我们先见上一面。我们也好久没见面了,不是吗?

　　这时我才知道被王常当大头娃娃耍了一把。他三千块钱买下那一堆照片，拿到束心蓉那里转手卖了十万。如果看见王常，我想我会扑上去一顿乱咬。赚了九万七，狗日的打什么疫苗都够了。我给束心蓉回信：今天身体欠安，还是改日见面地好。之后我就把邮箱关掉了。

我心里有气，摁开手机找了找，上次王常打来的电话还在。我拨过去，却是关机。

王常的手机从来都很难打通。那以后我又拨了多次，总是关机，也没见说停机。终于，他在一个傍晚把电话拨了过来，问我找他有什么事。我问他现在在哪里，他一笑，说现在在湖区找到一桩好买卖，收老鼠。湖区正闹鼠患，他找辆车在湖区收购老鼠，要活的，装在铁丝笼里拉到广东沿海，翻几倍地赚。

怎么干这些小贩勾当了？我说，肥肠，你这是在浪费聪明才智。你天生是干侦探的料。王常大气地一笑，说，手下有你们这帮人才，干侦探社确实是很来劲。但是犯了政策，没有个正式身份，搞私人侦探倒有点像是当老鼠，成天钻阴沟找活路。哎，现在多好，我成了捉老鼠的。尖细鳌，有没有兴趣？过来跟我一块干吧。你的能力我倒是信得过的，三光那苕货想跟我干我都不要。我阴阴地一笑说，肥肠，你倒是逍遥自在，现在束心蓉正到处找你。他愣了一会，问我，她找我什么事？你哪里听来的？

现在我在给森诚地产开车。我抬高了声音质问他，你说，从我手里买的那堆照片你他妈转手赚了多少？他顿了顿，说，也就，也就万把块钱……

还骗我，你真是黑得可以。我佯怒，其实心里憋着的气不知哪时消掉了。王常这浑人场面见多了，嘻嘻哈哈地搪塞过去。他说，尖细鳖，就当是救我一条狗命好了，你晓得我欠别人多少钱吗？那些钱在手里还没捂热，转眼又不是自己的了……尖细鳖，你不会卖友求荣，把我供出来吧？我大气地一笑，说，肥肠，你不仁我不能不义。我嘴巴铁紧，但以后你也少跟俾城的熟人打电话，别人说不说我可保不住。王常说，王尖我就知道你是够意思的人，我在这边给你翘起一颗大拇指！

挂了电话，他还发来一条短信：等我赚上几笔，再找个高档的地方请你狂开心！

我第一次给束总开车是在那天下午，她去"芙蓉阁"赶一个饭局。我把车停在正门前面等她，见她来就去把车门拧开。坐进驾驶副座，她斜乜我一眼说，好像在哪见过你。我正要回应这句话，她已经把手机架上耳朵眼了，另一只手示意我不要说话。到了芙蓉阁，束总下车，同时告诉我待在车里等她。过一会她叫一个服务员拿一份盒饭过来，菜倒是不错，我吃得对味，自己跑进去加了一份饭。饭局过后这一帮人照例还得 K 一顿歌，去了俾城最豪华的"大地飞歌"，那地方价格奇高，其经营理念是虽然俾城属穷蔽落后的地区，但俾城的消费一定不能穷，要勇于赶上海超深圳。俾城人通常管那里叫"大地飞刀"。我不能进到包房，只在大厅里找个位子坐下，喝茶，听里面隐隐约约传来的鬼哭狼嚎。好几个细脚伶仃的妹子进到她所在的那个包间。K完歌以后我把她送回森诚世纪花园，半路上她叫我停车。她走出去，像是要散会儿步，实际上不是。她不紧不慢地走到路边绿化带，突然把脚一掰开，跨过女贞矮栏，跑到后面一棵樟树下剧烈地呕吐起来。我眼光一直跟随她，觉得她非常沉得住气，也非常有表演天赋。在她呕吐前的半秒钟我也丝毫看不出她将会干什么。

但我不喜欢这样的女人！这么一想我自己就笑了，她是用来让我喜欢或不喜欢的么？

到了森诚世纪花园的门口，她就叫我下车打个的回去。她把车开进里面。

当晚回到家中，我就给她发了一封信。我告诉她三光的账号，叫她先往账上打两万块钱给我玩一玩。我向她保证这笔钱到账以后，两个月内绝不提别的什么要求。在信的末尾，我当然会提醒她不要报警。干完这事，我回到床上转瞬就睡，死沉死沉，而且还梦见了钱。三十岁以后，我梦见钱的时候比梦见女人多得多。

第二天我带着一种很悠闲的心情坐七路车，去到森诚地产。我想看看束心蓉会是怎么样的表情。森诚地产今天有个活动，请了一帮乐队还有数支夕阳红的腰鼓队或者花伞队，要沿着环线走上一圈，为一个即将开盘的商住小区做宣传。束总很忙，也是精力充足的样子，我看不出丝毫的异样。我想，她在我发信件以后还没打开信箱。公司的大厅忽然堆满了人。在我站的那个位置并不适合观察，她时而浮现出来，时而淹没在人堆里，像一条鱼。

中午和整个下午她都在酒局上，有四趟。我掐指帮她算的。她坐在车上的时候还推掉了两趟，要不然她得喝六趟。其中的两趟酒看似与她生意无关，一趟是地产局老总老远来了一帮亲戚，一个电话要她也去作陪。另一趟是公安局的人，她推了一阵没有推开，最终还是去了。喝最后那趟酒还是在芙蓉阁里面。又是这个破地方！来之前她已经支撑不住，几趟饭局下来谁都扛不住酒。这时她打个电话，叫梁有富过来。她喝多了就会想起梁有富，想起她和他是夫妻，适合做贴身的照顾。

梁有富拖沓一阵才来，穿圆领白T恤，下着沙滩裤，皮鞋依旧是踩塌了帮的。白T恤前面印着切·格瓦拉毛茸茸的脑袋。格瓦拉精神气十足甚至有些亢奋，而梁有富睡眼惺忪，两者对比鲜明。他下了士就跟我打招呼，要我带他进束总订的包厢。进去的时候束总正在主动出击，用灯罩般大的玻璃杯跟人碰红酒。见到梁有富她脸色就变了，因为喝了酒表情藏不住。她问他，你什么意思？你以为你返老还童了是不是？梁有富怔怔地站在进门的地方，扭头看看我，腼腆地笑起来。一个警察把他扯过去碰酒，场面这才轻松下来。他们喝开了，我走出去站在芙蓉阁外面的一个水池边抽着烟，不多久梁有富就出来，径直往外面走。我迎过去问是不是要坐车，我可以送他。他拍拍我说，没事，我喜欢搭公共汽车。

晚十点，我还站在水池边等，音乐喷泉乍然动了起来。

过不多久，她一个电话敲来，要我进去。我估计她喝得不行了，走进去，她果然坐在椅子上发怔，别的人都走了，地上很多酒瓶。她叫我扶她站起来，我照办。她身体散发着暗淡的香气。我扶她往外走，她见着人身体就强行支撑一会，没人的地方大半体重全附了过来。香水这东西我一直没有留意，这一阵闻了满鼻子香，觉得很受用。快上车前，我忽然问她，束总，你用的香水是什么牌子？

……高田贤三，一枝花。你什么意思？她回答以后突然莫名其妙了起来，睁圆眼睛看我。天很黑，我看不见她的眼，但感觉到她眼泡子忽闪着微光。我说，没什么，觉得很好闻，打算给女朋友也买一瓶。她说，回头我送你一瓶。你有女朋友？我点点头说，算是有一个吧。她忽然又闭紧了嘴巴什么也不想说。我继续开车，在橘坪十字路口，按道理左拐，她叫我一直往前面开。跨过十字路口，是俫城中心商业区，我以为她要买东西。她要我继续往前面开，路面就黑了下来。再过去是市公安局，门口有个报警点。她要我把车停在马路边。一切照办。我拧开窗玻璃抽起纸烟。

你也抽烟？抽的是什么烟？她朝我睨来一眼，问我话。我告诉她，两块钱的大前门，抽起来有点鸡粪臭，你要吗？她把两枚手指扬了过来，说，给我一支！我递去了烟，并给她燃上。火苗小心翼翼地燃起来，她轻轻把烟蒂一舔，烟头燃得异常均匀。之后她要我出去，她想在车内一个人坐上一阵。我问，束总，有什么心事可以跟我说吗？她鄙夷地喷一口猛烟,并说,小张,你以为你是谁?我纠正地说,我是小王。她说,好的小王,快给我滚出去!

我当然是走出去的,站在离车两丈远的地方抽起烟来。她在驾驶副座抽得很快,吧唧几口就把那支烟抽得快夹不住了。报警点里一个警察跑出来敲敲车窗,问她有什么事。她赶忙摇着手表示没事。警察看见了我,又跑来问我有什么事。俚城这种地方突然冒出来个办事认真的警察,我真想揭发检举点什么东西满足他的好奇心,但我只能说,我们老板有些醉,她停在这里醒醒酒。

束总大声地叫我名字,王尖,王尖。这时她记起我的名字来了。我跑过去开车,她还在打电话。她要一个人过来,说她今晚心情不好,并指定那人十一点半以前必须赶到地方。那人似乎睡了,或者别的原因不想听她的差遣,说了些推辞的话。束总的态度一步一步强硬起来,直到那人答应马上动身立即赶到,她才罢休。她的手机是折叠式,合上了以后她冲手机说,早答应啊,我还以为你真敢不来哩。形容你也就一个字,贱。

开到束总那幢别墅前面,我问我是不是可以走了。她嘟囔一句,都是没良心的。我想我还是在车里待一阵。过一会有个男人打的过来,停在离这辆车不远的地方,她才挥挥手示意我走,还说,你可以打的,的士票留着。我走出去时来人与我擦肩而过,又是梁有富。他换了穿着,似乎还冲着我做了个无奈的表情。天有些黑,事后我想,其实我当时没看清他的表情。走过去以后我不想打的,一个人走着回去。街上早就没有了环线车,一些民工躺在马路边,一些工地趁夜赶进度,贴着地面有树叶和破纸头飘飞。经过工商银行,ATM机在那段漆黑的马路中放亮。我走过去,把三光那张卡插进去查查金额,账面上多出两万块钱。我要取这笔钱,屏显却告诉我里面没有钞票了。我左右看看,夜色诡谲,整条马路似乎只剩下我和这台把钱吐光了的ATM机。

我换个地方分几次提取出这两万块钱,一手握着,感觉这沓钱很丰满,就像我的小妍。我拿回去当然不会告诉小妍,而是藏在一个角落,暂且不用。

拿到头个月的工资后,我敲开邮箱里的垃圾邮件,找到卖夜用望远镜的摊,订了一件货,并提出送货上门,当面付讫。没想到真有这样的事,当天傍晚一个家伙敲开我的门送来那玩意,趁着夜色可以当场检验质量。我把屋里的灯关了,拿夜用望远镜看,果然小妍的脸露在被单外面,呈灰白色,还有一层淡绿的光。

白天,去给束总开车,我把望远镜挂在脖子上,时不时拿起来看看街道尽头、路边行人或者是远一点的天空。俚城被很多山围了起来,密密匝匝,稍微下一点雨的时候,从望远镜里看去,最远的几个山头总是布满絮状轻云,一派自在的样子。那天束总几乎全天用车,奔了很多处地方,但没有注意我胸前多了个东西。到晚上赴酒局时,她忽然发现了,问我,小王,什么时候买了望远镜?你还有这样的爱好？我说，刚买的，发工资嘛，老早就想买一个望远镜。她揣测说，用来看女人吧？你这样的年纪，心思随时都放在女人身上。我说，不，女人有什么好看的？我白天可以拿来看路况，晚上可以拿来看天。她扑哧一笑，伸手摸摸我的脑壳，说，你看你看，你还真可爱。我赶紧装出童心未泯的样子，以配合她的夸奖。

晚上，只要束总没喝醉，她就会找一个合适的路口叫我停车，让我下车回家，她自己把车开到森诚世纪花园。有了夜用望远镜以后我忽然不再急着回租住的房间，而是喜欢把束总当成观察对象，观察她夜里的活动，并希望像达尔文一样通过仔细缜密的观察而总结出她的活动规律。也许她自己觉得日常活动是随意的，我却偏偏要从里面找出规律来。她把玛莎拉蒂（现在我知道她那辆车是玛莎拉蒂，听着像是一个外国骚货的名字）开往森诚世纪花园，我打个的尾随其后，或者搭环线车慢一脚赶去。夜晚，我胸前挂一只硕大的望远镜出现在环线车上，总能招致一些人朝我看来。到了离森诚世纪花园最近的斜方角站我就下车，走着去。佴城不大，任何地方总与环线上的某个站点发生联系。

我喜欢爬到水塔上面居高临下地观察这个小区，那里视野宽广，束总的别墅两面墙八组窗户都可纳入观察范围。我期望她哪天疏忽，没把窗帘拉紧，那么我的目光便可趁虚而入。但这样的机会我从没有碰到过，即使碰到，难道是想看她的裸体吗？我对此表示怀疑。有一次，我爬上水塔的平台，有一对男女也坐在上面，谈够了，正接吻。我自顾干自己的事情，撅开夜视键往底下小区看去。旁边那男的和他女朋友叽咕了一阵，觉得没意思，凑过来问我借望远镜看看。我只好借给他，他就到处乱晃，不肯撒手。那女的不停埋怨了起来，他才将望远镜归还给我。

束心蓉这女人是怕黑的，我在水塔上观察的那一段时间，时常有男人十一点以后钻进她的那幢楼。我只能大概看清那些男人的体形，不难看出来，大多数都不是梁有富。梁有富只是偶尔被她叫过来。有一次我看见梁有富进到那幢楼里，刚要撤离水塔，忽然瞥见梁有富很快又出来了。想必两人发生了口角。梁有富是自己赌气离开的还是被束总赶出来的？我只得继续观察下去，梁有富没有再折返。一刻钟以后我看见两个男人打的到束总的楼前，下了车往楼里钻。是两个，他们的身材是那种二十啷当岁小伙子特有的单薄。

那天回去当然很晚，用钥匙扭开房门，里面的灯还是亮的。小妍坐在床头，坐得标直，神情严肃。我脑子里还在想着用气枪打别人屁股的事情，看着小妍这种罕见的表情，忍不住又笑了一通。她的脸像毛巾一样拧紧了起来，眉心挤出古怪的纹路。

你到哪里去了？她问。能去哪里？把老板送回去，就回来了。说着，我走到卫生间里去洗漱，弄了好一阵，出来，小妍仍然坐得一丝不苟，还把一堆钱扔在床沿。我走过去把两万块钱拢作一堆，垛齐，再用皮筋套住。她问我，

103

这钱哪来的？我回答，赚来的。你以为是捡来的？她又问，你怎么赚来的？你什么时候能一下子赚到这么多钱？

小妍的问话引发了我的沉思，是这样的，我凭什么一下子就赚到两万块钱呢？还真是没法跟她交代。于是我什么也不说，打开了电脑自顾玩了起来。我现在在学做图，很有趣，可以给人像上装一个狗脑袋，如果装得好的话看上去确实像个新型物种。小妍很长时间没有声音，我就奇怪了，不说话也能蒙混过关？抬眼看看她，她今晚坐得特别直，手撑着床沿，满眼都是泪水。你怎么啦？我只好扔开电脑走过去坐在她身旁，摆出安慰的样子。我想她会撒娇，噘着嘴，把身子侧给我看。她果然就这样。我把她身子扳正，并问，你怎么啦，有什么意见说明白了，我认真听，并且有则改之无则加勉。她马上又把身子侧了回去，什么话也不说，然后倒头就睡。我听见她的鼾声，这才觉得累，躺在她身旁，用闻惯了束总身上香水味的鼻头，闻见小妍身体的气味，素淡，稀薄，却又实实在在。

半夜我被小妍推醒，她说，你老实交代，你和束总干了些什么？我睁开眼，灯是亮着的，于是用胳膊遮住眼睛。我说，我开车，她坐车，还能干别的什么？

别跟我装不知道，你哪来这么多钱？她给你的吧？

还是那两万块钱的事在闹腾，我真想认了。钱难道不是束总给的吗？但我咬咬牙没有承认，反问道，她为什么要给我钱？小妍喷着唾沫星朝我吼道，你是不是逼着我把你做的不要脸的事全都说出来？她眼睛喷火，还在我脸上扸了一巴掌，巴掌啪在我脸上的同时她气焰就消掉许多。我捂着脸，十分严肃地告诉小妍，我根本没和束总做过她以为的那些事。这些钱怎么赚来的，现在我不能告诉她，以后肯定会说个明白。我要她无论如何相信我。

嗯，好的。她见我似乎不疼了，表情有所舒展。

……束总是什么样的人，我比你清楚。我把身体坐直抽起一支烟，并说，她是有一些男……朋友，但跟我没关系。你们女人就是这种小心思，心里面喜欢哪个男人，就担心别的女人都喜欢这个男人。这其实是一种病态。她怎么会和她的司机搞上呢？她是个聪明人，不会干这样的傻事。她身边年轻漂亮的小白脸要一车有一车，要一船有一船。小妍将我贴得有些肉疼，时不时吃吃地笑。我松了一口气。这时候她告诉我，束总的事情，没准我知道的比你还多。我告诉她我不相信，束总的事情她比我知道的还多，这差不多就是讲鬼话。

小妍静了半刻，忽然问，你知道梁有富和她的关系吗？我本想回答，夫妻关系，不是吗？张开口以后却说，我看他俩的关系不怎么好。

这只是摆在表面的，背后的原因你就不知道了吧？小妍脸上此时掠过一丝得意。她又说，束总是个很要强的女人，以前她长得丑，有了钱以后作死地整容才是这个样子。你看不出来吧？以前是她主动去找梁有富。梁有富当时被很多女人喜欢，束……心蓉还是要了很多心机才插队进去的（她说出插队这个词又扑哧地笑出声来），但梁有富并没有拿她当回事，和她玩，同时也和别的女人玩。梁有富这种男人，年轻时候必然是有些花的。束心蓉很能赚钱，拿出去给梁有富用，梁有富一来二去有些离不开她。

……钱这狗东西……我想就此发表些感慨，却一时语塞。小妍又说，等他俩成了现在这个样子，束心蓉心里就不舒服。她老要记起以前的事。她觉得当时梁有富亏待了她。现在她有钱了，梁有富说白了还得靠着她过日子，所以她就有了为所欲为的心思，拿梁有富不当菜。两人分开了住，束心蓉几时想到梁有富，一个电话把他叫过来，觉得烦了又叫他滚。束心蓉是个报复心特别强的女人，这一点你未必知道。她找别的男人，同时又叫人看住梁有富，不让他到外面拈花惹草。这纯粹就是在报复了，这样的女人你千万不要招惹……小妍的语气突然转为关切，同时把脑袋从我身上移开，深深地看我几眼。我脑子里面像撳门铃一样响了一下，想到一件事情，遂问她，谁跟你说的这些？梁有富吧？她一下子哑巴了，怔怔地看着我。我不想看她发怔的样子，遂关了灯跟她说，睡吧亲爱的，明天还有明天的事做哟。

那天束总约一个男人吃饭。本来说好就他俩，但那男人来的时候已经在别的酒桌上喝过了，见面时就有几分醉意，两个年轻人搀扶着他。他跟束总碰面的时候，一派眼花缭乱的样子，把束总叫成"小秋"。束总恶狠狠地往地上吐了一泡唾沫，冲那人说，我怎么会是那个婊子呢？她支使年轻人把那家伙扶到七号包房。我也要走进去，她却把我拦住了，和颜悦色地说，小王，你还是在外面等好了。

这家酒店进进出出的年轻女子特别多，衣服都尽量地节省布，有两个还蹲在酒店门口长时间地打电话。一蹲下去大量的白肉就现出来，直往男人的眼睛里跳，只是我没有了心情。我觉得刚才扶醉鬼的那两个年轻人都是警察，如果我没猜错，那醉鬼应该是公安局里面的一个小萝卜头。搞刑侦的？要不就是个副局长？束总行为处事的风格我多少看出些门道，她特别相信人与人之间的关系，如果要请人帮忙的话不会一口就把事情说明白，事先得把关系再拢紧一些，吃几顿饭，K几顿歌，当然也要帮这些男人安排他们需要的东西。到她觉得时机成熟了，才会开口让对方帮忙。

这时我想，束总找这个男人夜谈，八成跟我做的那些事有关。距上次她掏两万块钱打进三光的账号，差不多过去一个半月了。我跟她说过，两万块钱只能保两个月平安无事。她的内心不像她表面那样镇静，她毕竟是个女人。虽然很多时候她完全把自己当成一个男人，疯狂地工作赚钱，但很多时候，她会突然意识到自己是女流之辈。我左眼皮有点跳，捂下去以后右眼皮又跳开了。

我的猜测很快得到证实。束总给我打来电话，要我把刚才扶人的一个年轻人送到新麦西娱乐城。电话打完那年轻人已经到了我的车前面，问我这是不是束总的车。我说，当然是啊，玛莎拉蒂，整个佴城只有这一辆。去新麦西见你马子吧？——是女朋友咧！他坐在副座上试了试沙发皮，咧嘴一笑说，蛮牛的嘛，我还以为这车叫鱼叉牌。我说，老弟，哪有你牛啊，屁股后面别一把小手枪，掏出来想敲谁就敲谁。这也是个爱笑的警察，听我夸他，就把腰上的小六四掏出来，作势吹吹枪口。他说，老兄，哪是你说的这么爽？把枪给你，你去敲个人给我看看。他妈的，这把枪自个也憋坏了。我哈哈一笑，哪敢把枪接过来。

我问他刚才扶着的那醉鬼是谁，他毫不隐讳，说是市局张副局长，专门抓刑侦这块。

回到住的地方，我用电脑把束总那叠裸照又浏览了一遍。同时我想，如果束总要报案，那么无论醉成什么状态的人都能轻易把案件破了——查银行卡的户主，然后去监狱把三光盘问一顿。三光的德性我还是知道的，虽然我们关系有够铁，但在这样的事情上他不会守口如瓶，为多挣减刑分说不定会迫不及待地把我供出来。江湖义气第一桩，这是阿庆嫂糊弄胡传魁的鬼话，三光当然不及戏文里的胡传魁忠厚。

我调出两帧束总的裸照，用刚学会的图片处理技术稍稍加工了一下，把她脑袋取掉，随便安上一只动物的脑袋。有一帧上面束总的肉身上长出一个狗头，另一个上面也好不到哪去，换上的是鼬鼠脑袋。我并不偏好这两种动物，在电脑上找的图片里面，这两个脑袋剪切下来正好搭得上束总的脖子。我技术不精，图片处理后的效果破绽百出，束总的肉身因失去了恰当的脑袋而变得像一堆死肉。我随便找了两个网站，把做过手脚的图片作为帖子发了上去。

之后我给束总发了一封邮件，坦白地告诉她，既然我要在她那里搞钱，肯定是随时都注意着她的举动。比如她和公安局老张的接触，我整个过程都是看在眼里。我提醒她不要忘记，我是搞私家侦探的，在破案这个领域完全可以当醉鬼老张的祖师爷。写这一堆字的时候我把自己想象成王常，这个敲了束总一笔钱就去广东贩老鼠的家伙，现在在哪里逍遥快活？我继续在键盘上敲字，平时敲得不快，这个晚上来了情绪，敲键盘的声音十分细密。那封信我写得很有文采，措辞恳切，直陈利弊，晓以利害，把该分析的状况都分析到了。我让束总知道，这不是破不破案的问题，而是光脚的不怕穿鞋的的问题。最后附上两个网址，让她看看我处理图片的技术怎么样。信写好了，我也冷静了许多，并不急于寄发出去，而是存在稿件箱里面，打算过两天再发出去。接下来的一段时间，有个新楼盘开始发售，束总挤不出时间跟张副局长这种闲人打交道。她对事业的热忱，我倒是由衷敬佩的。

第二天天忽然阴沉沉的，小王一早就打来电话，说凌晨时候束总发病了，现在已经在医院里面。小王陪护着。她叫我不用去，自己安排。

我起床以后吃了早点，去到一个站台等待着。过去好几辆车我都没上去。终于，我看见慢慢晃过的那辆七路车上站着小妍。她倚坐在车门旁的扶手边，却没有看见我。人不少，我夹在一堆人里头挤上车，她仍然没有认出我来。

109

我故意穿一件平常不怎么穿的嫩黄色衣服。当她把手伸过来要我买票时,我才抬起头。她扑哧笑了,去招呼下一个不买票的。旁边有个老大爷较真,他问,为什么这位同志不买票?我赶紧掏出一块钱递过去,小妍把那老头凶了几眼,这才扯一张票。

逛得两圈,我看见梁有富从一个冷僻的站点上车。那一站只他一个人。我把小妍手里的票夹拿过来,笑吟吟地走过去扯了一张票给他。他看见我有些吃惊,旋即微笑,把一块钱钢蹦递过来的样子倒是想要同我握手。他问我今天怎么不去开车,我说,梁总,束总今天用不着我开车。她不是病了?梁有富翻翻眼皮,他的瞳仁很亮,眼白很大。然后他说,人嘛少不了有几样病,你嘛以后别叫我梁总。我也搞不清自己算是良种还是劣种。我问,束总到底是什么病。他用手比划了几下,告诉我,嗡,女人的那些麻烦病。

人下得差不多了,我坐在他后面,同样靠着窗,同样懒散地看街景,看天空。俚城活该是一派阴沉的样子,市庆在即,很多老旧的建筑物正按着规划贴上统一颜色的瓷砖。在阴云之下,在一片人为的白色当中,街景仿佛昏聩欲睡,同时又焕发着勃勃生机,有什么东西在那些行人木然的表情下面潜滋暗长。随着七路车一匝一匝绕着环线行走,我心中的喜悦被缓缓释放了出来。我毫无理由地喜欢上这平淡如水的一天。往前面看,梁有富的后脑勺确实像把勺,小妍靠着椅背悄悄朝我看来的样子还一如既往地单纯、知足。有一阵车上就只我们几个人,还有哐当哐当的响声,摆荡的抓环。梁有富突然就递来一支烟,我们在空车上狂喷。小妍打着普通话的腔调说,车上不许抽烟,请各位乘客自重!话没说完她自己笑闪了腰。

我听见梁有富腰里面老有振动的声音,提醒他,是不是来电话了?他哦的一声,把手机掏出来,看一看,说是闹钟没调好。然后他大概是把手机关掉了,重新塞进兜里。

兜上几圈我已经把街景看疲了,先下车。那天我心情一直不错,想把钱花掉一些,于是去买一条金项链。以前我没给小妍买过类似的破玩意,现在我手头有两万块钱,而且被小妍知道了。晚上拿给小妍,她却没有心情。那两万块钱,我想也不是你捡来的,还是省着用。她皱着眉头,又说起另外一件事。她说,你刚下车不久,你们束总竟然也上了我这辆车,贴着梁有富坐。我说,束总不是病了吗?小妍说,鬼才知道,反正是看见她了。她要找梁有富说什么,梁有富懒得搭理。她一圈没坐满就先下了。

次日小王通知我去干活,束总的病已经好了。下午我开车送小王去税务局办事,一路上她嘴也不闲着,跟我说起昨天的事。束总突发急性肠梗阻,本来打电话给我,我关了机,她就叫小王过去护理她。急性发作,要治也是很快,到上午束总的病基本上就治住了。她只是很虚弱,一遍遍地给梁有富打电话,梁有富死活不接。束总心里憋着气,反而来了精神,中午就霸蛮要出院,没人拦得住。她一车子开到公安局找人帮忙。张副局长倒也肯帮忙,要人打开手机定位系统让束总用。几个人盯着定位系统的显示屏看了半天，看出来，梁有富在环线上蹭公汽，一圈一圈地绕。

接下来小王骂梁有富真是脑子进水，娶到束总那么能干的女人也不晓得珍惜。他在环线车上一圈一圈地绕个什么劲呢？我哼哼哈哈地应和着，心里忽然得来一丝侥幸，幸好昨日下车下得早，要不然也会被束总撞上。我努力地想象着，如果我们一齐坐在环线车里兜圈子，会是怎么样的情景？

我把存在草稿箱里的信件调出来发给了束总。同时我查了查前次发出去的帖子，倒是有网友留言说：老兄，贴图专业一点好不好，别把我们这个坛当成你卖肉的案子。接下来一条留言说，卖肉也挑些好肉卖呀，别专卖老猪娘的囊膪肉。

隔天一早打开信箱，她就把信回了过来：王常，我们都是老熟人了，痛快一点好不好，一口价。我找老张是有别的事，我们之间的事用不着别人解决。游戏规则这东西，我觉得我比你懂，在这一点上你值得向我学习。我回复，呃，那就好。何必一口价？来日方长嘛，你我既然是老熟人了，我要的价钱肯定不会太过分，你就放心好了。回复之后我准备赶去森诚地产，听候这个女人的差遣，心底顿生一股滑稽的味道。刚要关机，忽然又把那两个帖子找出来看看。其中一帖，昨晚看到的两条网友留言的下面又新增了一帖：楼上两个狗东西，你们去吃屎吧！我估计这是束总留的言，咦，不骂发帖的，只骂留言的。

过后几天，依然是晚上，我打开邮箱看到束心蓉主动发来的邮件：两个月的时间差不多到了，下一步你打算怎么办？

看样子束总真是很有责任心的人，反过来给我提个醒。下一步打算怎么办？我晃着脑袋想了好一阵，也没想出让自己满意的计划。于是我老老实实地回信说，我还没有想好，想好了再告诉你。你也别急，我考虑成熟一点也是好事，如果良心发现，自此不再向你要钱也不是不可能啊。

隔一天她又回信说：王常，我不喜欢你的风格，别他妈猫弄老鼠弄软了再吃。你要不要钱都已经沦为人渣了，我劝你继续把钱拿下去。

我回复：亲爱的，心急吃不了热豆腐！

那以后几天她都没有回复，是不是被我一句"亲爱的"搞蒙了？那以后，我给她开车也尽量体贴起来。她察觉得到，回应似的，对我的态度也一点点好起来，在酒桌上当着别人的面也不再肆意地作践我了。有几次长时间堵车，卡在马路上动不了，她也跟我吐吐心里话，告诉我她和梁有富的关系并不好，因为梁有富根本不晓得体贴人，而且在做生意方面基本上是块废物，一点也帮不上她的忙。如果车继续堵下去，束总就会把梁有富数落个没完，仿佛这人一无是处。一数落梁有富，束总的嘴皮就干燥得快，不停拧开口杯喝水。

张副局长好几次把电话打来,说是要请束总吃饭,其实每一回都是束总签的单。张副局长这种人有点像牛皮糖,咬一口就会黏着牙扯不脱。束总和他打交道总是提心吊胆,被张副局长揩揩油吃吃豆腐还是小事,她还担心这会惹得王常不高兴。她给"王常"发了一封邮件说:张泽凯缠着我脱不了身,我并不想和他搅在一起,当然我也不会给他说任何事情。

我回复:嗯,我会明察秋毫的,你放心吧。和张泽凯这种人打交道,不管谁都会感觉到头皮疼,以后尽量不要和这种人搅在一起。这么说也是为了你好。

我以为束总会再发来一封邮件说声谢谢,但她没有再回信。我想她把我的话听进去了。她自后把张泽凯拒绝了两次,很策略,也很坚决。

今天,把她送到森诚世纪花园,正要走,她拉住了我。下车,她还拽着我的手示意我跟着她向屋子里走。我心口忽然很热,很快就开始对她有所幻想。抛开别的不说,我相信她和小妍有巨大的不同。这很吸引我。进到她的房间,闻到很女人的气味,不是香味,而是一种干爽洁净的气味。她换了睡衣,很直接地示意我坐到床沿上去,挨近她。她很主动,我和她开着灯做了一次,之后又熄灯做了一次。在黑暗中她态度恭顺,竟问我满不满意。我像一只瞎猫饱餐了一顿死耗子,张开手掌在她赤裸的背部还有臀部拍得叭叭响,并说,嗯,我很满意。

我觉得我应该走了,她仍旧很虚弱地搂着我,让我抱着她睡，要我在她睡熟以后打着赤脚离开这里，不要吵醒她。我告诉她我会按摩，掐着她肩上和手臂上的麻筋让她身体迅速地放松下来，很快她就睡得死沉死沉。我这才得以抽身离开。

回到自己的住处，小妍已经睡了。躺在她的身边，棕绷的床忽然显得硬，硌背。小妍背对着我，她身体的气味和一种伤湿膏的气味差不多。我打了几个喷嚏，这才睡去，但老处于半睡半醒的状态。半夜我忽然觉得痒，不动声色地醒来，发现小妍盘坐在床上，勾下脑袋，鼻头贴着我的肚皮使劲地嗅来嗅去，就像一只警犬在搜寻蛛丝马迹。刚才，我是被她的鼻息弄得发痒。她弄得我很想笑，当然没笑出来。好一阵，她才把脑袋抬起来，长长地叹了一口气。她一直坐在床头，既不哭，也不从我的衣袋里拿烟抽。我装睡，结果再次地睡着了。

醒来，床边空空的，小妍不知什么时候已经走了。这时我心里有些难过，到卫生间里去洗漱了一番，拿冷水不停地淋着脑袋。当天晚上我很早就回到那里，小妍回来得更早，做了好几个菜摆在桌面上。她炒得不怎么样，但态度十二分认真，所以我赞不绝口。她似乎笑了，犹疑地说，是吗？是吗？

束总要去省城办事，让我开着玛莎拉蒂去。我给小妍打个电话，说要跑外边，有几天回不来。她淡淡地说，工作要紧，你去好了。

我和束总去了省城,她其实没什么事。她说她最近感到累,非常累,要找个安静的地方关了手机休息几天。我和她住进城郊一个叫响水峪的度假村,那里有温泉,富含矿物质,每天泡一泡会改善心情。我和她不停地泡,泡来情绪了就疯狂地做爱。停下来,我也感到累,无边无际,像是把啤酒喝了整夜,说醉也不算醉,但浑身的气力突然全被抽空了一样。有时候我也想拨个电话,和小妍聊聊,号都摁了,却没有拨出去。她问我在干嘛,我怎么回答?我不想没完没了地跟她撒谎。

还没到泡温泉的时候,响水峪这个地方静得吓人,尤其是晚上,我怀疑只有我和束总两人。她变得唠叨,泡在热水里跟我讲她的事情,从小到大,事无巨细,还包括恋爱。她第一次见到梁有富的情景至今记忆犹新,重复多次地跟我提起。她说她是在一个下午稀里糊涂就喜欢上梁有富的。那天梁有富在打桌球,打得干脆利落,球台上的球就喜欢被他捅进洞里。赢一局就能赚一包白沙烟。她以前从不看桌球,那天看了一下午,梁有富和另几个人把硬壳白沙烟像筹码一样不停地递来递去,最后梁有富还是赢了九包。他用衣兜把九包捏皱了的白沙烟兜到她的烟摊上(她当时还在摆烟摊,说到这个细节她偶尔面露尴尬),问她能不能换成钱。这烟批价是四块二,他要价三块五。她按四块钱一包,给他换了三十六块钱。后来……

热水腾出来的雾气使我昏昏沉沉,束总表情生动,娓娓道来,但我昏昏欲睡。她说着说着,忽然踹我一脚,要我抱紧她，用手箍在她的胸口前，直到她感到有些气闷，才叫停。

在响水峪住了三天，束总心就慌了，把手机一拧开，电话和短信就源源不断地流了进来。她叫我把车开回去。对她来说，休假和更年期症状都是奢侈的事，回到佴城，她还是要每天忙里忙外。

现在高速公路铺开了，回佴城只是七八个小时的事情。束总在副座上打瞌睡。我眼睛一直盯着前面不断延伸的公路。她忽然睁开眼，问我以前是不是当侦察兵。我告诉她，是的。她问，侦察兵主要是干些什么事，是不是和电影里的侦探差不多？

作为一个曾经的运输兵，我只能糊弄她说，不光是侦探干的那些破事。侦察兵对兵源的素质有着严格的要求，方方面面均要有不俗表现，就拿格斗对抗来说，也得像武打片里演的一样比一般的人强。

到高速路的一处服务区，束总叫我把车停下。服务区有餐厅。我俩进去，束总随意地点几个菜。待菜上了桌，她要服务员拿酒，拿白酒。她一个人喝，我不能陪她。看得出她有心事。在我们这张桌子上，我一个男的喝着橙色饮料，对面坐着的女人却抱着瓶往嘴里灌价格低廉的白酒。这引来很多人侧目。谁把眼光盯向束总，我就拿自己眼光狠狠盯向谁，直到对方把眼睛收回去看自己碗里的菜。我此时的状态完全像一条忠实警醒的狗。束总冷哼几声，说，王尖，让他们看好了。

过一会,束总眼睛看着别处,轻轻地告诉我,他失踪了。我问,谁?梁有富吗?有多久了?是不是过一阵还会回来?束总惨然一笑,说,我又不是傻子,能看不出来?我登时明白了,束总的反常举动是梁有富闹的。听到这样的事我并不奇怪,老早就觉得有一天梁有富会突然离开佴城,离开一匝匝转个不停的环线车,去寻找一些说不清道不明的东西。束总现在告诉我他失踪的事,我只当是一种应验。

她继续灌自己酒喝,平时她不显酒量,这天她一点没有控制自己的意思。我以为她会就梁有富再说些什么,回忆旧情,或者拎些事把梁有富一顿痛骂。她却话锋一转,说起另一件事。

……梁有富要滚也就滚他妈的蛋,天要下雨娘要嫁人,由他去。我现在烦的是另一个人。这家伙不晓得躲在什么地方,一直搞得我很不舒服……束总觉得餐厅不是说话的地方,把我叫了出去,坐到车上。她继续说,这事是一个叫王常的人干的,这个人很变态,不但要敲诈,而且喜欢变着花样折磨人,绝不是敲一笔钱就走。他在慢慢地消遣我。我摆出震惊和愤怒的样子问道,束总,这狗东西到底怎么消遣你了?束总脑瓜子甚是好用,不但说了大体的过程,还把我寄给她的邮件里的内容逐封地背出来,虽不像背毛主席语录那样一个字都不错,倒也没有太大的出入。我一边听一边不停地附和几句脏话,表现出义愤填膺的样子。她说话时酒劲慢慢上头了,吐字拖起了哭腔。她哭的样子很好看，我喜欢看她哭，这惹起了我的怜爱之情。当她快说完的时候我把她紧紧拥到怀里，气得直打哆嗦，说，你那么一身好肉怎么能，怎么能让那个狗东西随便拍随便看呢？这么说的时候，我仿佛忘了事情是我做下来的。她悔恨地说，王尖，我这叫作茧自缚。你知道是什么意思吗？我明明知道，偏说不知道。她被我一手抱着，脸紧紧贴着我胸膛和肚皮之间那个窝窝，显得虚弱和疲惫。她忽然咬紧牙关狠狠地对我说，不但敲诈，这狗东西竟然在信里叫我亲爱的，刚才我忘记说了。我也故作义愤填膺状，说，这狗东西，"亲爱的"是他叫的吗？

我问，能肯定是这个人吗？那个人就算自己承认说他就是王常，也可能是冒名的啊。

还能是别的人吗？我找银行的朋友查了查，他给我那个卡号，户主叫许三光，犯强奸罪还在笼子里面蹲着。这个王常和许三光都是朗山县林木冲乡堤溪村的人，老乡。我只能查这么多了，再往下查警察就会插手进来。束总旋即问我，你看这事怎么处理？

我想了一阵答不上来，就轻轻推开她找出两支烟，一并叼嘴里燃上，把其中一支插到她嘴里。我说，这个这个，束总，这要看你想怎么办。大主意你拿，我这号人只管跑腿。

我不知道，我很害怕。她说，他会不停地问我要钱，要是哪天不高兴了会把裸照都贴出来。至少，俐城所有的人都会知道这事。什么东西一旦放在网上，怎么堵都堵不住了。我安慰说，网上光屁股的女人多了，没有一万也有三千，谁想看让他看好了，撑死他的眼睛饿死他的球。

我和她们不一样。你以为我是谁？你以为所有的女人都不在乎？真贴出来，我不知道会有什么样的结果。她嚷嚷起来，情绪激动。她又说，我记得小时候，隔壁旅社抓出一个林广县的男人嫖娼——那时候婊子不像现在这样多，捅出这事一个县的人都很好奇。

怎么又扯上这件事呢？两件事不搭关系。

怎么不搭关系？都是扒光了让人看笑话。她脑袋稍抬，愠怒地盯我一眼。我拍着她背心让她稍稍放松，并问，那你想怎么样？束总说，王尖，你能不能帮帮我，把照片拿回来？你知道的，帮我办事，钱一般来说不是问题。我就猜她要说这样的话。我说，束总……她说，亲爱的，就叫我心蓉好了，心蓉！

心蓉。这两字我头次冲着她念，有些别扭。之后我表决心地说，我这种货只要你看得起，绝不会说一个不字。别的本事没有，帮朋友解决问题的能力多少有点。

她把我的话全听在耳朵里，没说话，只是点点头。

我又发现问题所在似的，跟她说，心蓉，这事情好像没有这么简单。如果他存心把照片，特别是电子文档复印多份藏起来，怎么问他要也要不彻底，他迟早还会拿出来找你麻烦。

我担心的就是这个。你逼他一下，他找出几个文件交给你，也不是难事。但你人一走，他照样能拿着照片到处贴。……真就没有办法了吗？

办法有，只有一个。我狠狠地说，你也知道，真正的办法只有一个。这只是钱多钱少的问题，钱到位了，这个办法一般来说非常有效。我认识不少这方面的朋友，他们都是硬骨头的人，敢赚这份钱，就能够把牙关咬死紧，出了事绝对不会多说一个字。

她半晌没有说话，叫我开车。我开着车继续上路，封闭的高速路两侧是没完没了的标志、故障电话和暗藏的测速仪。她系上保险绳睡了一阵，醒来问我，照你刚才说的做，大概要多少钱？我说，一条人命你觉得值多少钱？其实很不划算的，也许比他敲诈你一辈子的钱还要多。唉，这毕竟不是随便能做的事。

那你刚才是在放屁？你到底认不认得能办这种事的人？

以前认识几个的，但好久不联系了。以前成天在街子上混，门门道道的人都得认识一点。实在找不到他们，也没关系。我这种人命贱，而且很见不得钱。依我看没什么事是不能做的，说白了只是钱多钱少的问题。心蓉，我只是觉得敲诈你的那个王……常，他就像一头猪，弄死不是难事，但犯不着花太多成本。

束总语气铿锵地说，我说过的，这不是钱不钱的问题。有时候只要我愿意，比黄金更贵的猪肉也要吃一吃。接下来，她要把她所知道的王常的情况告诉我。我马上制止。我说，既然我答应去办这事，你就要相信我有这能力。王常的情况我自己去查——就像看中医,你不必叽里呱啦把病情都说出来,那是看不起医生的医术,人家一切脉就全知道了。你什么都不必告诉我。

她点点头说,王尖,经你这么一说我心情好多了。我腾出手去拍拍她说,心蓉,俚城还远着的,你再睡上一阵,等酒劲过了,再仔细想想这事值不值得做。

回到俚城,回到租住的房子,拿钥匙打开门,喷鼻而来一股霉味。我心情倏地黯淡下来,等到晚上小妍果然没有回来,打了她的手机——您好,您拨打的用户已停机。回想束总说起梁有富失踪的事,我忽然怀疑在小妍的身上也发生同样的事情。只数十秒钟时间,怀疑马上变得很肯定。

我想伤心一把,却也没有。什么感觉都没有。坐在破沙发上抽一支烟,忽然有点好笑,梁有富这样的人,怎么会打起小妍的主意呢?一个把好菜好酒吃饱喝足的人,也经常想吃吃窝窝头的,梁有富难道也有这种假模假式的趣味?这又让我意外了起来,我有预感,仍然意外,人一时间被弄得矛盾重重。抽第二支烟的时候,我觉得他俩其实还蛮般配。

第二天我在房间里睡了一天,束总打电话来我也不接。晚上,小妍仍没有回来。我把电话拨给她在俚城仅有的几个熟人,和在公汽公司的同事,他们都说没看见她。第三天快中午的时候,束总又把电话打来,我一摁键钮接了。她问我有没有去查王常的情况。

我问，束总，你想明白了，真要弄死这个人？

王尖，你以为我开玩笑？你以为我前天喝多了？她在电话那头爽朗地笑了起来。

我把知道的王常的情况一一说给她听。她听过以后很吃惊，夸我说，王尖，真有你的，一天工夫基本上全摸清了。我告诉她，我可不是吃闲饭的。她问，接下来怎么做？我告诉她，接下来就得去联系个人了，看他要多少钱。要是价钱要得太高，我会考虑我自己把这事做好，这样的话，对你而言也是更安全。看样子王常是个十足的社会渣滓，被很多人追债，即使死了，警察连嫌疑人都排除不完。我看，只要把尸体处理得好一点，问题真的不大。

真的吗？王尖，我舍不得你亲自去做这样的事。她声音这时候有点轻轻地颤，微微地嗲，这种老来嗲让我心头泛起鸡皮疙瘩。她问我这事要多少钱。我说，先联系一下，一开始送些定金就行，事后再把余款补上。这些人既然敢替你杀人，就不怕你事后赖账。

束总问我先给多少钱合适。我说，唔，先给我十万好了，我把事情说定下来。束总叫我明天等她电话，她会把十万现款给到我手上。

次日我起得很早，跑到公交公司，向别人打听小妍去哪里了。他的那些同事大都认识我，以前大家有说有笑，但这天总是躲躲闪闪，一问三不知。我确信她已经不在俚城了。之后我上了一辆七路车，又是绕着环线转来转去。这天天阴，路边冷冷清清，人们走在路上还是睡眼惺忪的模样。转了几圈，束总打电话来叫我去她办公室拿钱。我在路边买了一个帆布包，上面印得有"为人民服务"的字样，我想这个包装十万块钱应该没有问题。

我再回到七路车上，书包已经是鼓鼓囊囊的，"为人民服务"几个字被钞票顶得煞是丰满。随着车又转了几圈，佴城逐渐充满了阳光，但在我眼皮底下仍然生动不起来。这车上，没了小妍，也没有了梁有富。我这才觉得能像那个下午一样，三个人都静静坐在车上，不说话，却又体会到彼此暗通的联系，是多么难得的事情。也许，这样的情况再也没有了。

到一个路口，我下车，站在站牌下面，脑袋一片空白。过一会我掏出手机拨了王常的电话，这家伙很快就接电话了，倒是一反常态。我问他是不是还在做老鼠生意。他说，广东人都是属猫的，闹鼠患也填不满他们肚皮，湖区的老鼠快被吃绝了。现在我在朗山这边收老鼠，收到的货不是很多，但现在老鼠价格一个劲地蹿升，利润还是有。怎么，想跟我干了？我说，嗯，现在手头有点钱，想跑跑生意。你赚钱了吗？你他妈说过要请我去高档点的地方开开心的。他哈哈一笑，说，你这犟脑壳，随便说说你就当我欠了你一样。过来吧，高档够不上，能开心的地方还是到处都有。

挂了电话，我招手唤来一辆绿色的士。我告诉司机赶去火车站，赶最近一趟往朗山去的火车。但车一开，我又改变了主意。我要司机往飞机场去。

飞机可没有飞到朗山的，飞机一蹿起来就会走几千里哟。司机好心地提醒我。我说，我知道，现在我不去朗山了，要去别的地方，远一点的地方。司机心里发怵，不愿意往飞机场开。我火了，把印有"为人民服务"字样的包扯开让他看。我说，兄弟，别狗眼看人低，这里面是钱，不是枪，我犯不着抢你那几个小钱。他这才放下心来，把车往飞机场的方向开。

离佴城七十里有一个飞机场，是邻市修建的，航班不多。我从没坐过飞机，也不知道邻县那个机场几个航班各去向哪里。出了城，路面一下子宽阔了，车轮带出一串破冰的声音，或者像我母亲把一匹细布剪开一个豁口，顺豁口一扯，发出非常绵密、干脆利落的声音。

束总这时候把电话打来，我没接，而是回短信：亲爱的，正坐在车上，有些话不方便被别人听见，还是发短信吧。她回复：这不是小事，一定要小心，小心，再小心。我没有回复。过一会，咣唧一声，短信又来了。打开一看，她说，刚才把钱给你以后，我就……不是钱的问题，你知道的，对于我来说不是钱的问题。这件事，我还没有想得太清楚。

我回复：你不是开玩笑吧？这不是到超市买卫生棉，不拆封的话十天之内都可以拿去退货。这他妈是……你不会突然觉得自己未具备完全民事能力吧？

束总的短信3：其实我当时没有想清楚。现在仔细想想，我没有把王常恨到那种程度。当时把恨梁有富的心思全都转嫁到王常头上去了。

我回复：我觉得此时此刻的你和平时不一样，虽然我更喜欢你此时此刻的理性，但是翻来覆去的性格会把所有人都吓跑的，不光是梁有富。

束总的短信4：不要再提那个死鬼，现在我不在乎他了，他根本不值得我恨。现在我担心的是你啊。你找到王常，想办法把照片弄到就行了，实在不行，就让他到网上去贴吧。贴了又能怎么样呢？只要你不在乎就行。

我鼻头喷出奇怪的笑声，很想问她，此时此刻我是不是应该作死地感动一番？我想打几个字回过去，却无法表达此时此刻瞬息万变的心思。

过一会又一条短信像鼻涕虫一样钻进了我的手机。这骚婆娘说，亲爱的，早点把事办完，早点回来。我此时此刻就想你了。你一定要安全回来，安全第一。我需要你！

我感到烦躁，回复说，要是我回不来，亲爱的，你就当不小心弄丢了一个自慰器吧。

之后我想把手机扔出窗外，一想这也不是好习惯，不能手头稍微有了一点钱就扔掉旧东西。于是我把手机后盖打开，把SIM卡取出来，轻轻地弹出窗外。

你痒吗

那天老谭也不知怎么了，忽然变得挑剔，一路上总是跟肖说，这里不好，邪气。这样，肖只得和老谭一再地把车往远处开。经过许多个路边村落，前面出现一片垃圾填埋场。老谭四处看了看，说，我看这里行。嗯。两人下了车，用铲刨出个浅坑，把那只手埋在里边。之后又跳上车，一路疾走，在另一个乡镇停下。

　　天已经黑透。老谭说，我知道有一家店，嘿嘿……肖明白，老谭今晚又想加床垫了。其实老谭并不老，三十七八，脸上还像是熨过的，没有一丝纹路。用他自己的话说，三十如狼四十如虎，人到五十敲破鼓——我还在发育哩。一路上老谭开着车仍然眼放贼光，往路边扫射。路灯幽幽亮着，勉强看得清过往女人的面目。碰到落单的女人，老谭就放慢车速,问,搭车么?这里的女人基本上没养成搭便车的习惯。老谭不甘心,受了挫就拿出从皮炎平广告上趸来的词——嘿,我是蠹虫灵,你痒吗?找我好了。老谭拿腔捏调,在"痒"字上面放了个拖长的带转折的重音,很有效果。一开始肖听得背心起腻,慢慢地倒也习惯。应该说老谭这个人毫无语言模仿的禀赋,能把这一句讲到位,全靠他千百遍地练,熟能生巧。——有一次,肖记得路边那个女人很漂亮,而且略通法律。当老谭面带关切地询问她痒不痒时,女人一针见血地指出,你这是性骚扰你知道吗?我可以告你。说着掏出当时挺时髦的诺基亚5110,举了起来,又像是要拨号,又像是要作为防身武器随时砸过去。老谭就摆出一脸无赖相说,打个商量啰小姨,就别麻烦110了,那一头你姐守线,你告状,她要整我一通宵的啊。说着,老谭加大油门扬长而去。走远了,老谭说,她那一脸蠢相,我年轻时她白给我我都不要。

老谭在乡镇叫来个女人,不消三分钟就彼此浮现老相好的神情。那个女人有点老。老谭说,到这地方,她就是镇花。——镇花?肖左右看不出来,说,冰镇啤酒花吧?肖不找女人。三个人喝了些米酒以后,老谭就对镇花一挥手,说,给我弟兄也叫一个。他是黄花崽,你们要打折的。随即镇花叫来一个年轻些的,但更丑。四个人正好凑成整桌,打了一通牌。肖不胜酒力,而且老谭打牌时吼声震天,大搞攻心战术。这确实让肖头疼,吼叫声把脑袋都搞蒙了。老谭对牌的称呼很花哨,比如J、Q、K、A、8,一到他嘴里就变成嫖客、婊子、老王八、奸杀、奶罩,等等等等,诸如此类。肖说,你能不能安静点?老谭说他也没法,到"里面"的八年里全都这样吼着打牌,一时静不下来。一开始和老谭打牌的人都感觉,不是被他降住了,而是被他吼晕的。捱过头一阵,摸透老谭的伎俩以后,就知道其实他牌技有够臭,纯属黔驴技穷之流。

肖叫后来的那个女人回去,然后进房睡觉。睡下了以后,肖听见老谭和镇花在隔壁房间做起事来,弄出响声像在拆房。肖知道,老谭这人,在女人面前的种种行径往往带有表演成分。但总的来说,老谭旺盛的斗志还是令肖折服。这声响令他想起和女友小丽一起度过的那些夜晚——两人不过二十几岁,做起事来却始终不温不火,仿佛压抑着自己为对方默默奉献。肖估计,老谭和那个镇花两人加起来,肯定年逾古稀,却还马力强劲。这么一对比,肖就觉得,自己应该蛮惭愧。隔壁房间的声音愈加夸张,律动之中夹带着摧枯拉朽的势能。肖打了几串哈欠,还是被搅得睡不踏实。

半夜两点多钟,肖终于睡迷糊的时候,门被重脚踹开,几个声音神经质地嚷着,不许动举起手来。开了灯,两个年轻警察看见肖毫无反抗的意思,一脸的紧张顿时轻松下来。肖觉得自己把手举起来的样子很滑稽。他努力申辩说,同志你搞错了,我什么也没做。我,我没找小姐。警察根本不打算听他辩解,把他推出门去。肖看见老谭也被提菜了,他提着裤头。警察不许他系紧皮带,就那么提着走路。

而那个卖淫的镇花,一出门就被警察放掉。老谭找机会慢慢向肖靠拢,悄悄地说,又着仙人跳啦,借我几张老头票。

有个警察飞起一脚踢在老谭的尾椎骨上,喝令他别说话。

乡派出所充斥着猪粪的味道。警察用强光灯照着肖的脸。年纪最大的那个警察先是指了指肖,交代纪律说,一个一个来,不叫你不准吭声。肖点了点头。灯光打在了老谭的一张团脸上,老谭眼皮不停地眨着,最后固定为半开半阖,整个脸尤其显得变形。警察说,你是带头的吧?——这仿佛是不争的事实,老谭跟肖比起来怎么都像个主犯,块头巨大,坐板凳上堆起一堆,两三天没刮脸,脸上净是胡茬。

警察问,老实交代,都干了什么。

队长!老谭说,你们搞错了,我跟她在搞对象。

那个女的什么路数,我们有底。警察说,别他妈避重就轻,争取一个好态度。

老谭说,是她在勾引我,她说她喜欢我。我怎么知道她是,那种女人?

警察们想憋住,却还是笑了出来。为首的警察做出要打人的样子,说,瞒是瞒不过去,你趁我现在态度好,坦白了事。然后警察散了一包烟慢悠悠抽起来。过了不多久,老谭的表情稀软下来,说,我老实交代,我确实是准备从事嫖……嫖嫖娼的行为。可是,实事求是地说,今晚我喝了酒有点力不从……

警察不耐烦了，呵斥道，装呆是吧？

老谭就哭丧着脸，近乎哀求地说，队长，你到底要我说什么嘛，我真不知道啊。

肖在一旁看得很吃惊。他没想到，只消这么搞一下，老谭就软得没样子了。那个警察越来越拔高声音质问，老谭显然是被搞蒙了，不知道该说什么。警察说，你不说没关系，我们可以查。他们搜出老谭的身份证，找来一台笔记本电脑调档案。没多久就查出来了。阅档的年轻警察稍一看，就吃惊不小，说，啧，狗日的，这下立功了——谭小军，八三年被判死刑，后改判有期徒刑十五年，在省一监狱服刑八年，九一年假释出来的。

那个年纪最大的警察这时流露出蛮有把握的神色，从文件包里掏出一个白塑料袋。袋里面装着一截人手，在灯光照射下呈现一种半透明的惨白。警察把这东西铿锵地掷在桌上，厉声地问，快说，别的尸块你们埋在什么地方？

哦，原来这事。老谭长长吁了一口气，然后说，这只手，是老朱的。

拨通电话以后，林老板早上六点赶了过来，向乡派出所的警察说明情况。这只手确实是老朱的，老朱还健在，只不过手被炸断了，还炸伤其他一些地方，人躺医院里。警察追问，怎么炸断的。林老板说，还不是他自己？排哑炮违规操作。在场的警察都很失望。作为乡警，管片不大，很难碰到杀人案来过把瘾。年纪最大的警察拨通了医院电话，详细询问一番，不得不放人。这时候阅档那个年轻的警察插了句嘴，说，抓人的时候谭什么不是在嫖娼嘛。其他的警察也想起来了，都说是啊是啊，要罚款。减个半抹掉零头，交两千就走人。

老谭还想讨价一番。他扯了扯老警察的衣角，轻声细语地打商量说，钱能不能少点？我到星星和请一桌酒行不？

老警察不高兴了，说，你这个嫖客，再讲价那我也懒得罚款了……

林老板过来圆场，拽开老谭，赔笑着说，弟兄们晚上都顾不上睡觉，确实辛苦确实辛苦。然后交了罚款走人。天色还早，没有完全亮起，只有一些微弱的云。三人走出乡派出所时都垂着头，像是三只被抽掉颈骨的狗。林老板跟老谭说，这个月你倒欠我两张。老谭只有点点头。林老板责怪起人来，他说你两个他妈的怎么跑这么远？惹出一堆屁事。肖说，你要我们埋远一点。林老板这才记起自己说过这话。矿上老板都有几分迷信。林老板生怕老朱的断手埋得离自己洞口近了，有血腥气，不定又招来什么灾祸，所以昨天吩咐两人说，起码也要走出三百里，再埋。——挖深一点，上面要洒朱砂和雄黄镇住血气。相对于林老板的吩咐，两人还偷工减料了。肖老是想不通，这些土警察怎么这么快就发现了那只手，长了狗鼻子嗅到似的。林老板说，这个我也问了，是捡垃圾的报了案。可能你们埋东西时那垃圾客躲在附近，你们前脚埋他后脚就挖了出来。——也难怪，你们两个晚上挖坑埋东西，垃圾客以为你们八成是在埋贼赃，满心欢喜刨出来一看，却是只人手，当然很烦躁，扯出手机把你们告了。

肖和老谭只有苦笑。老谭心里很不舒服，发牢骚讲起狠话来。——呷烟就呷一块五的软老大哥，那帮警察鳖，还愣充得很。那个没长毛的警察崽子最讨嫌，得空我拦他夜路，捏死他他才晓得没地方哭。还有那个垃圾客，哪天我叫他捡自己骨头卖！说着，老谭还鼓了鼓浑身的肉。

肖嗤笑地说，淫哥，刚才你都要哭了。

老谭当然不认账，他说，哪有。喊，我哪会哭啊。

肖说，你差点哭了，人家搞你一皮带你就要哭了。——这是肖疑惑不解的地方。在他看来，像老谭这样坐过八年牢的人，应该非常地酷。电影里老这么演，特别是高仓健惯于扮演的那种失足青年，成天吊一张驴脸还能狂勾引女人。老谭以前也经常谄媚似的跟林老板讲，要是你出了什么事情，我没有其他能耐，但是可以帮你去坐牢。反正那里面我待惯了，进去就是牢头，受不了罪。老谭讲这话时，相应摆出一脸义无反顾的样子，以致肖认为，监狱大概是普天下最培养男人个性的地方。可是老谭刚才的表现着实让他失望，再想想老谭讲的那些话，根本当不得真。

林老板也开心起来了，他问，小谭哭起来会是什么样子？我只见过你打婆娘蛮凶。肖一点不给面子，老谭有点不悦。可是肖和林老板是亲戚，老谭只能让着他点。他说，小肖你晓得个屁，我这是装装样子。话又说回来了，你没吃过牢饭不晓得厉害，我早就吃怕了。那里面真不是人待的。

你又不是没蹲过笼子，既然八年都坐下来了，也不在乎多有几年。肖这个人不依不饶，又说，那里面不是还有个漂亮的王会计等着你嘛。

老谭就懒得说话了，只怪自己以前多嘴，把王会计的故事也摆了出来，现在都成为肖取笑他时冷不丁抛出的飞刀。

其实老谭嘴巴再怎么不牢，起先也不想跟人提起自己坐牢的事。老谭跟肖半年前认识的。那时林老板的一个矿洞打出一大段矿层，品位高，进尺长，少说能赚几千万。林老板请酒敬神做一通法事还邀了两出乡戏，之后仍然不过瘾，就带了老婆坐飞机上北京，要肖作陪。肖发现还有一个人跟着去，那就是老谭。以前肖见过老谭的面，知道他是给方老板做事的，不知几时又过来跟了林老板，而且这么快就得到林老板的信任。

到北京的第一天，几个人就去了故宫。到里边转了大半圈，林老板总结地说，以前皇帝也不怎么样啊，住这种地方采光不足阴森得很，鬼气重。我看还比不上我的小复式。他顺便也夸老婆一句，我看慈禧年轻那会的相片，比你差一截。老谭赶紧顺着林老板的意思说，我看也是，进来以后我看这布局，怎么看都跟省一监狱差得不多——要拿两个地方对应起来，我以前睡过的位置，大概相当于这金銮宝殿。这么一比，老谭的脸上就有了光彩。

肖追着问，你到省一监狱睡过？林老板也感兴趣，扯起耳朵。老谭支吾不过去，讷讷地说，是啊，到里面玩了几年。林老板并不奇怪，说，强奸罪？好嘛，其实我早就看出来了，你这个刀巴鬼哪有不坐牢的道理。

那倒不是。老谭说，那时年轻嘛，一帮烂杆子弟兄经常纠在一起惹事，搞得那条街鸡飞狗跳，谁见我们都怕。还有几个女的没长脑壳，成天跟我们泡在一起。八三年被人揪出来说是流氓团伙。那帮人也不是东西，愣说这一伙子是我承的头，赖都赖不脱。

林老板拍一拍他肩膀，赞许地说，没想到，小谭你狗日的还是个人物嘛。

回去的时候林老板买了两张机票，肖和老谭只有坐火车断后。从京城回柘州，有整整一天一夜的旅程。两人在枯燥的火车旅程中对对方有了初步了解。肖问他，你怎么离开方老板跟了林老板？方老板还狠一些啊，听说是司级（资产过亿），林老板还说不好混在哪一级。老谭说，林老板仗义，是个人物。肖说，他又不在，卖乖个屁啊。怕是方司令手指缝紧，你一定是在方司令手底下捡不到骨头。

不是……老谭喃喃地说，方司令不准备在这边干了，要去福建，但我还要在柘州找一个人，不打算跟他过去。老谭觉得肖这个人问起话来咄咄逼人，爱刨根问底，像个警察。他不愿意和肖探讨动机问题。肖问，找谁？老谭说，说了你也不认识的。肖对老谭要找谁也不感兴趣，转而问他，你能不能给我讲一讲监狱的布局？老谭想不通，问这个干嘛？肖竟然腼腆起来，腾一阵才说，我写一个小说，要写越狱，但是我不熟悉那里。

这好办。老谭熟练地画出一张草图，说，由里到外，一共四个圈子。最里面的，不说你也应该明白，是犯人住的，中间又分成好几块：机械厂啊，总装厂啊，模具厂啊，砖瓦厂啊，副业队啊……

你在哪里？肖打断了问。

老谭说，这里。咦，总装车间。我是总检，对，2C30A型装载机，听说过么？你肯定见过的，九五年以前全省用的装载机基本上都是我们那里组装出来的。老谭讲到这里颇有几分自豪，往下又在画的简图上指指点点，说，这是第二层，是个大操坪；第三层，这是犯人工作区；最后一层，这是管教干部带着家属过日子的地方。这一共，只会比伢城大不会比伢城小。他这么说肖就易于理解，肖是伢城人。然后肖问，你能进到第几层？老谭又来了些得意，他说，除了最后一道围墙以内，哪都能去。我是总检，技术员啊，又是积（极分子）委（员）会副会长，还有互监组组长，戴着红牌，哪不能去？老谭一口气说出几个头衔，听起来很唬人。肖听得发晕，差点搞不清老谭在省一监狱里面是管人的，还是被人管的。

老谭反过来问，你呢，你写的小说，都发表过么？《人民文学》《红旗》，还是《人民日报》？老谭脑子里一下子爆出这几个名字，也就张口说出来了。

当然发表过。肖说，现在没有《红旗》了，改成

《求是》。

你发表的有多少？

百分之……五十吧。肖说得很没有把握，实际上他的小说一篇还没有发，只是一厢情愿乐此不疲而已。但50%又有一定根据，毕业以后他在柘州市教委办的一份小报混了几个月，那是强行摊派给柘州所辖地区各中小学的，质量低劣，而且几个惯爱嫖娼的主编根本没有花钱买稿的概念，所以肖得以写什么就登什么，连插图都是自己画的——左手画一张都可以印在报纸上。他前前后后发了两百多篇，统共用了五六十个笔名。他写的小说，先后寄出去两百来份，虽然无一中的，但和在小报发的稿累加起来，勉强凑得着50%这个数。

肖问老谭，你觉得，坐班房对你有什么好处？肖忽然觉得，自己这口吻、这腔调，颇有点《艺术人生》访谈名人的味道。他想，换是朱军，就会这样措词：呃，谭先生，您觉得数年的牢狱生活回馈于您的，是怎样的一笔财富？

——当然有，那就是，肌肉练得特别发达。老谭说着就有些蠢蠢欲动，活络起筋骨来。肖就说，能不能让我看看？老谭正有此意，他希望自己的一身肌肉能把这毛孩子镇一镇，要不然肖有些看不起自己，讲话戗死人。肖一开始并不相信。老谭个子不高，表面上看毫不显山露水，于是怀疑他在吹牛皮。时节刚过清明，衣服穿得不少，老谭一件件地脱了起来，撂椅子上，搞得一个格子里别的人不知他要干什么。

老谭脱光上衣，就有些不一样了。等他气沉丹田，摆出很标准很专业的动作时，所有在场的人都惊呼起来。老谭整个上身青筋虬曲暴跳，即使皮肤没有打蜡，也依然闪烁着金属质地的光泽。——别把裤子撑破了。对面一个爱操心的老人说，好家伙，省健美队的吧？老谭俯过身去告诉他，老人家，我是强奸犯，才刑满释放出来。那个老人本来有搭讪的意思，现在什么话都不说了。老谭回过头跟肖说，省一里面憋啊，你看，把人都憋成这样。

事实上也是这样，老谭坐了八年牢，放出来以后，在他眼里，母猪大都是双眼皮，朝他频抛秋波。他进去时刚二十一岁，最怕的就是欲火上身时，那种铺天盖地漫无边际的焦虑。他只有做俯卧撑，每组二十个，性欲一来就做上三四十组；性欲猛烈的时候起码也要八十组。这还是八四年的水平，到了八九年，老谭性欲低迷时要做一百五十组保底，稍来些情绪，就撑得没个完。肖这才相信老谭不是吹的。

一个乘务小姐正好扫地扫到这里，她发出的惊呼比任何人都大，还伴以手捂嘴唇的动作。老谭扭头看看乘务小姐，笑了。肖注意到，老谭看见漂亮女人，眼里就浮现出毛茸茸的绿光，导致整个人都陌生起来。——后来他才知道，这几乎是老谭的一种病态。他的性欲可说是招之即来又挥之不去。

老谭披上一件衣，悄悄地说，这女人我绝对搞定。然后他叉开五指梳，蘸着唾沫扒拉一下头发，走了过去。老谭一走，用不了多久，肖发现老谭已经和乘务小姐勾搭上了。两人坐在不远处过道的弹椅上。老谭跟她大肆吹嘘林老板多么多么有钱。乘务小姐根本不知道方老板林老板是圆的还是方的，却照样专心致志听着老谭吹。渐渐地，乘务小姐眼里泛起一层迷离的光。老谭把自己跟老板说得像亲哥俩一样，简直同甘共苦穿连裆裤。肖听得直吐舌头。他前后碰见过几个像老谭这样的人，讲话特别莫名其妙，可是女人们就是爱听。

晚餐时间肖请老谭到餐车吃饭，叫了酒和好几道菜。老谭看出来了，刚才的裸露达到预期目的。这孩子，老谭想，肖毕竟还是个孩子，很容易看不起人，同时又容易被人弄得服服帖帖。老谭看着肖脸上有几分恭敬，很是受用。这时那个乘务小姐又擦身过去，似乎朝着老谭轻颦浅笑。老谭立刻就有些飘。肖看在眼里，不失时机提醒他说，那妹子被你惹出状态了。你可以带她到厕所里搞一搞，很方便。

老谭不满地说，你把我看成什么人了？

劳改释放犯。肖说，你以为？

不，我没那么恶心，会不分场合乱搞一气——你们小年轻怎么老把事情想得那么龌龊？老谭又吹了起来，他说，当年，都是女的来找我。知道吗，八一年我回家休假二十二天，一共搞下来五个女人——清一色原装货。那一个月我真是累得脱了形。

肖满脸的不信。老谭思忖着说，别看我个子矮点，当年我可是长得蛮漂亮,人家都说我长得像唐国强——就是现在专演毛主席和皇帝那个。再说那时高个子不吃香啊,穿衣浪费布,岳老头哪肯贴布票?

肖拿老谭没有办法。过去谁谁稍微有些模样就自比唐国强,现在某某还勾引得了几个女人,感觉自己像刘德华,如出一辙。其实,肖主要是对八一年这个年份表示怀疑。那时他才五六岁,没留下什么印象,但是稍加分析就漏洞百出。肖说,照你说来,那时候的良家妇女好像比现在的婊子还要淫贱?

老谭说,这个……主要是她们压抑啊,不像现在的婊子,看似风骚,其实严重性冷淡。可是那时,她们没有那么多机会。

肖说,那时的男人也不止你一个啊。

老谭没法说服肖。他再一次发觉肖是个爱刨根问底的家伙,老这么穷于应答,人不知不觉就会心虚起来。他说,不信算卵了。你不是要写越狱吗,干脆我讲一讲越狱的事……其实我觉得,我也适合写小说,主要是我蹲过笼子,又当过兵。过去人们都说,当兵的人里头容易冒出作家。这话我信,一帮兵痞成天憋得没事,什么话没扯过?肖在书上看到过类似的说法,不禁点点头。老谭继续说,其实啊,蹲笼子是最让人胡思乱想的地方。你想啊,特别是住单号子的,成天闻着自己大小便的芳香,什么事都没有做,只有乱七八糟地想。这样捱过几年,还有什么想法不被他想到?肖点了点头又摇头,他记忆里,没有谁是因坐牢而搞成作家的——先当作家后坐牢那另当别论。于是他说，好像没有哪个名作家是监狱培养出来的。

老谭狡黠地说，那是因为笼子里面蹲久了，容易让人摸清这个世界的本质，所以，即使他有当作家的素质，也懒得写出来。

肖觉得老谭这人总是虚张声势。他说，看不出来，你还摸清世界的本质了。刚才你看到那个女的，眼睛都绿了。你这人哪像摸清本质的样子。

老谭说，那是我把书丢得太久了。我要是还默写得出三百个字，就会靠写小说出名。

老谭能说服肖的地方不多，只有老老实实讲起越狱的故事。老谭在省一监狱的八年当中，那里一共发生过三起越狱事件。第一起他知之不详，只听说那人是副业队的，差几天刑满释放了还跑，足见脑子不灵光，抓回来加了重刑。第二起是越狱未遂事件，发生在自己的班组。小伙子想钻污水管，狱警及时发现，就把污水管进出两头都卡死，让他独自憋在里面。过两天再把那小伙子捞上来，人已经有很多地方沤烂了。唯一成功脱逃的那家伙姓侯，大家叫他侯七，坐牢前是个医生，进了省一，还让他在狱内的医务所干事。医生在监狱里面算得公众人物，所以他越狱的事好多人都知道。他利用职务之便进入监狱的最外一层，到家属区的药库里取药。他在家属区干掉了一个狱警的老子，换衣服后逃窜出去。老谭眉眼间流露出对侯七的钦佩，他大肆渲染侯七有多么镇定，要不然侯七不可能逃离省一监狱。省一监狱出门就是一条江,侯七逃出来时江边很情节化地有一个穿蓑衣垂钓的老人,他又把老人弄死,换上老人的一身蓑衣,怡然自得地坐在江边。狱警从他身边走过,他杆子都没有晃。狱警甚至还向他打听,看见有人跑过去没有。后来又听说,侯七逃回家时,正撞上当年抓他的那个警察和老婆睡在一起,于是把那个警察也放翻了——所以消息传回省一,大家都认为侯七死得不亏。再后来,侯七因拒捕当场被击毙。

这些都是真的,只是老谭不愿意置身局外,把自己强行添加了进去。当然,说他自己和侯七结伴越狱显然不行,肖肯定不会信。老谭就把自己设置成为一个间接参与者。老谭告诉肖,导致侯七越狱,是因为他想女人了;而导致侯七灵魂出窍一样地想搞女人,又是因为老谭不小心把自己跟王会计的事抖了出来。这个故事搞得侯七淫心大动,但他又没资格见到王会计,而王会计有病也不可能上犯人的医务所。侯七听了老谭讲的故事,想女人想得实在不行了,就横下一条心,越狱回去找老婆。

听老谭的口气,侯七之所以越狱有一大半是他惹的事。肖不由得鄙夷起来,肖别的不爱好,读书时爱钻心理学,毕业后乐意对他人搞心理分析。他听得出来,在侯七越狱的故事里,老谭显然只是个拼凑成分。再说,侯七的故事也太好莱坞了。但再往下听,忽然觉得这件事很熟悉,稍一迟疑,记起来了。侯七也是佴城的人。那事当年在佴城闹得很轰动。肖的脸上有了愉悦的神情,他说,你说的那个侯七，就是我们偶城的人。

老谭吃了一惊，经肖这么说他才有印象，侯七是偶城人。他也高兴起来，说，哟，你也认识他？那很好，有空你带我到他家去看看，这弟兄以前对我蛮可以。——你晓得侯七死在哪里了吗？

侯七死在广林县——死在哪条胡同我都清楚。哪天去广林，带你去那里转一转？

老谭说，是要去。这弟兄，哎。

肖注意到刚才的一个情节，就问，老谭，你说你跟那个什么……王会计是怎么回事？你不会是和人搞鸡奸惹馋侯七了吧？

那时同一间牢里也有人盯上了我，想把我泡到手。可是我培养不出这种洋爱好，想一想就泛酸倒胃。我只对女人有瘾。然后老谭把手沧桑地一挥，说，不说了不说了，王会计是个好女人啊，对她我可是要留口德的，要不然以后生小孩没屁眼。

哪年哪月了还怕生小孩没屁眼？开刀弄一个。肖忽然听出了什么，就问，老谭你还没生小孩吗？老谭没吭声了。肖看看老谭，老谭的脸色已经阴沉下来。肖赶忙换了个话题，问他监狱里的菜饭好不好吃。

在车上的最后一餐也是肖请客，不过早餐只有面食汤水供应。肖点了一打啤酒，就着咸菜油饼喝。老谭得人请，脸上喜气得很，仰脖喝下一瓶啤酒后又要吹，说，现在是不行了，当年有一天晚上我一口气搞了八个……

肖说，泰森一晚上七个，你多一个。

老谭认得泰森是谁，来劲了，就着话题说，那黑弟兄我认识，专拣比他个高的打。左手臂刺个毛主席，右臂那个包头帕的……

肖说，那是穆罕默德。

老谭说，对对对，穆穆……有空我也一边一个。哪天碰见泰森，我倒要问问，毛主席语录你小子能背几句呀，再怎么的，《支持美国黑人抗暴斗争的声明》总该背下吧。

肖看不惯老谭瞎扯时的那副嘴脸。其实，老谭显示肌肉那会，肖确实看得眼睛绷直。老谭的一身肌肉是每个男人都想拥有的，老谭仅凭这一点就了不起，可是他却爱胡吹。这样一来，老谭在肖心中的那点好感顿时荡然无存了。这一趟车上，老谭留给他不伦不类的印象。肖懒得听他说那些不着边际的话，于是引导老谭讲自己有兴趣的事情。比如说，他怎么进的监狱。

——主要是碰到八三年管得严。如果现在突然成了八三年，我看，少说有一大半的人要送去劳改。现在的人多坏啊，吃喝嫖赌开发票贪污受贿不打条，没几个比省一的弟兄纯洁。老谭说到这事，只恨自己生不逢时。他说，我那事想来还比不得嫖娼严重，搞了两个女人是自愿上我家的，我又不花钱。再说，那时候，你上大街对着个女的吹吹口哨，调戏妇女！要是穿个喇叭裤戴着蛤蟆镜在街上遛圈子，先抓了去打一顿，再问你是哪一伙的。骗你？……八二年我复员回来，分进柘州市湘运公司开车。那年分进来的年轻人有十几条，凭良心说，这一伙子确实算不得好人，爱跑到街上打打架吊吊女人，小错不断大案不犯，柘州的说法叫"水佬倌"。我当过兵，打起架来手毒，要讲单挑找不到配对的人。几条街小孩都喜欢跟在我屁股后头混……

肖插话说，当时像我这样的，想跟着你你怕是都不要吧？

不，我平易近人，也喜欢小孩子。老谭说，那时候，开车还是个好门道，司机个个都显得潇洒，所以想女人了也用不着怎么吊，大多数都是自个送上门的，撵都撵不开。这当中，又数我最讨女人喜欢，成天戴着变色蛤蟆镜，穿的确良衬衣配喇叭裤，上面三粒扣子从来不扣，略微露出些乳房……

肖打断他说，行行，这个我看得出来。

——嘿嘿，八三年的夏天，我和一个姓王的家伙，在路上各自拣了一个女人，讲话讲得熟了一起去吃饭。我跟小王喝白的她俩也要喝。我还劝她们说，女孩子家的，别随便喝白酒，要犯错误。可是劝不住，两个女的都犟，只有让她们一齐喝。那时候体质好，嘴皮喝麻了，几个人叽里咕噜一共放掉三瓶丹山二曲，五十几度。两个女的喝完酒以后，死皮赖脸要我留她们住。一开始我不想沾那两个贱女人，还劝她们说，我们几个孤男寡女睡一屋不好，要避嫌，要自重。可是那两个女人是狗皮膏，黏人。我记得姓严的那个女人跟我说……

肖又插一句，就是你搞的那个吧？

——哪能呢，肉包子打狗的事，我两个都没放过。当时严冬梅还哭着跟我说，她两老都是国家干部，凶得很，烫个头发都要限期整改，要是看她醉成这个样子，搞不定会打死她。我这个人心软，看不得人哭。她说得可怜吧唧，我只好留她住。既然送上了门，不干是不行的。四个人全到我房里，他们三个都不省人事了，放哪里睡哪里，说梦话，还磨牙齿。我一个人清醒一点，先把姓严的那个摆平了——蛮丰满的。完事后我雄风犹在，再说我就一张床，另外那女的一边躺着，顺带着把她也搞了一次。

肖说，那个姓王的呢？

那有点说不好。老谭犹疑起来，说，他半夜呕吐，醒了，见女人没穿衣服，狗日的一下子就发了情。当时我还不想睡，干脆开着灯，抽着烟看他如何搞事，他也无所谓。但他酒喝多了力不从心，把那个女人翻来翻去，自己却一点办法都没有。我看他急成那个苕样子，高兴坏了。过得好久，他刚要来劲，外面却过去一辆车，不晓得是急救还是消防，反正哇啦哇啦一通乱响，把小王吓瘫在床上，还他妈尿了大半幅床单。那以后他就再也提不起神了。所以我一直搞不清楚，他到底能不能算是强奸。

当然算，这行为已经构成强奸了。肖懂一点点法律常识，话说得很肯定。

老谭说，就算是吧。没过多久，严冬梅家里人告我们迷奸、轮奸。严冬梅的老头在柘州当个官，是那种一支笔吃通街的官，公安局当然重视，跑到我们单位，把我和小王一绳子捆翻了。抓了人以后公安局顺藤摸瓜,再加上一些以前敢怒不敢言的群众揭发,牵扯出十几个人,一下变成团伙了。我还算清醒,抓我去我就把事情全认了,说这跟姓王的没有关系。可是那小子苕人一个,一进公安局挨了几皮带头,屎尿屁全出来了,哭哭啼啼地说当时醉得不行,不晓得自己做了什么。——小子其实挺滑头,不敢抵赖也不敢承认,干脆装他妈大头哆一哭到底。那两个女孩也说不清楚,只晓得被搞,不晓得被谁搞。那时候公安局也没法从阴道残留物里提取DNA化验,让两个女人指认了事。女人受他们家长唆使,要把我们往死里整,一口咬定说,我和小王把她俩各自搞了一遍。不巧一审判了我死刑,判小王是从犯,十五年。原来我估计顶多五六年,没想到是死刑,有点意外。

死刑?

死刑!

你不是还活着嘛。肖说,你看你,能吃能喝,还能耍流氓,跟神仙一样。

多亏我脑子活,不是随便死得了的,回回都逢凶化吉。老谭点上烟,继续说,我这个人,越遇事越冷静,越急越有办法。看守所放风时我找机会挨近小王,跟他说,你狗日的没搞,两个女人都是我搞的——要不然你跟我都死定了。一审判下来,我写了申诉状,同时也写了遗书。我这人小时候特别怕写作文,一直写得狗屁不通,这一下吃了死刑,申诉状是一气呵成,好得我自己都要崇拜自己。我的申诉理由主要是两点。第一，我是复员军人……那时候"复员军人"是个身份，是把保护伞，犯了案有优惠，能打折的。第二，我说那两个女人以前就认识，都不是什么好东西，和很多男人发生过关系。往下我把我知道的市领导的名字全写上去，估计他们也不敢去落实。反正当时都是要死的人了，管不了那么多，死活把女人搞臭再说。小肖我告诉你，孔老二有两句话讲得特别合我胃口。他老人家教导我们说："讨债要将账算清，犯案先把水搅浑。"啧，这是做人的道理。

别什么话都往孔子头上栽赃，他讲话不是这种大蒜味。肖说，做人的道理，嘿嘿，老谭我是不敢听你的，我眼下还不想去坐班房。

不听算了，有你吃亏的时候。老谭面带尴尬，继续说，小王也在申诉状上改了口，说他现在才记起来自己根本就没有搞。我的申诉状也证明了这一点。结果这事情不能套上团伙性质，也不是轮奸，区别就大了。其实，我当时抱的希望不大，写了申诉状，也给我妈写了好长的遗书，希望我死后她再找个年轻点的老头子，照顾她。我姐姐嫁得远，有个弟弟生下来就死了，家里就剩我妈一个。以前我爸对不起我妈，是我妈一个人把我弄大，结果我也对不起她。讲到这里，老谭有了一阵沉默。之后他又说，严冬梅的老头当着官，但柘州也不全是他严家的。小王他老子在柘州算条好汉，上下跑断了腿。终审判下来，我被改判为十五年。我乐得差点哭了，天呐，我运气不错，量刑一下子往下调了两个级。但小王运气更好，作为流氓团伙从属成员，狗日的只判两年。

肖举杯敬酒并说，淫哥哎，你都算过经济账没有？

什么？老谭一时理解不了肖的意思。

肖讥诮地说，就算按柘州最贵的标准，美景花园度假村，倾国倾城、吹拉弹唱样样行的女人也就四百块一次，乘以二就是八百，再除个八等于……你掰手指算算，你八年监狱蹲下来，只值一张老头票。肖指了指餐桌上或空或满的啤酒瓶，说，相当于这堆啤酒。

肖的换算法搞得老谭心情黯淡，举起酒瓶大吼一声，喝！他仰着脖子又灌下一整瓶。

喝。……后来呢？

后来，嘿，姓王的那小子出去以后结了婚有了崽，八九年他强奸未成年少女——他后来告诉我说，那未成年少女长得老皮老脸，看上去起码也有三十岁，没想到要打五折——也进了省一监狱，正好分配到我们总装车间。我当时已经是总检了。狗日的不知道好歹，那天看见我站着，就走过来拍我的后脑门，又拽了拽我的红牌，说，又见面了，嘿，谭小军你狗日的混得不错嘛……

肖说，八三年他不是和你关在一起？

他有屁资格进省一，进省一保底也得判十年以上的。老谭轻蔑地说，我看见他，气就不顺，啪地一拳把他撂趴在地上。他爬不起来。老秦去扶他，还告诉他说，这是我们谭总检。他这才发现我不好惹。他进来以后我日子就过得顺心一点。我这个人基本上不欺负人,可是他就不同。你想啦,当年我救过你,现在有理由随便搞你,要不然你要我心理怎么平衡得了?那几年他不得轻松,我要他站着拉屎他就不敢蹲着拉尿。

肖说,老谭,你蛮狠的嘛。

老谭说,那是。

后来呢?

后来,九一年我就假释出来了。妈的,外面变化真是很大。

肖突然想起刚看过的一部电影,细腻刻画了犯人出狱后,不适应社会变化的种种穷形尽相。现在老谭也冒出这感慨,肖就追着问,怎么个不同?

找不着路。

就这个?肖有些失望,老谭没能体会他的意思。

老谭想一想,说,还有就是怕见到女人。出来以后,头一次走在街上,看见女人真是一个比一个漂亮,哎呀,那个难受,真想一天搞下一百个,把腰花射出来算啦。

肖说,看来八年不够,改造来改造去还是个强奸犯啊。

他们应该把我阉了。老谭说,不过我出来以后,特别是这几年,我还是不亏,活得很有劲。现在年头好,有钱在外面嫖女人,没钱就回家嫖老婆,人活得很充实。

肖可以理解的,八年啊,把一个小年轻足足憋成健美运动员了。所以老谭出来以后孜孜不倦地玩女人,在肖看来,不排除满足生理的功用,此外也是平衡某种心态。于是肖颇有心得地说，老谭，我理解你，你从牢子里出来以后，成天想着玩女人，实际上是一种心理变态。

老谭说，去你妈的。

老谭你不要不高兴，我所说的这个变态……肖解释说，就是区别于常态的一个概念，是中性的。而且变态也没什么不好啊，一反常态才有个性。现在的小年轻，其实都想方设法地变态，想变态而不得，只好怪娘老头把自己生得太正常了。

老谭喝着别人的啤酒嘴软，也不争了，说，好好好，你说变态就变态。

那次被乡镇警察整了一夜以后，老谭一直对那两千块钱耿耿于怀。先是骂警察，骂报案那个捡垃圾的。

有一天闲着无事，老谭把事情前后都捋上一遍，最终把怨气撒在那个断手的老朱身上。——那一炮也邪，只肯炸掉他一只爪子，依我看炸死了清静。要不是埋他的爪子，我哪亏得去两千块钱？

恰这时候林老板的电话打来了，打到老谭的手机。——小谭你他妈在哪里嫖？快到我这里来，老朱家里人围攻我……太欺负人了，小谭，三个四个人你对付得下吧？来了你看我眼色，我一放绳子你就给我扑上去……星星和饭店，大厅里。

肖就笑了，说，老朱还讲不得，一讲他就来了。老谭问，你听得到？肖说，你那狗屁手机也换一换，像是外接了一个喇叭。

掉转车头,老谭就说,是该换了。肖老弟,林老板好像要换手机了,嘿嘿,你问问他是不是要处理旧手机啊?

肖说,等一会你表现得好,搞不定他就拿手机当骨头撂给你啦。

下雨路滑,老谭邀功心切,在山路上把车速放到一百八左右,车就有点飞机起飞的架势。肖系了安全带,还是提心吊胆,就说,慢点慢点,要爆胎。你既要表忠心也要留条命在,不是?我保证老朱家的人动不了林老板一根毛。

你以为你是诸葛亮?

那倒不是。肖蛮有把握地说,老朱无非就是想扯皮多要些赔偿金,这一动手不是打水漂了?

老谭一想也有道理,这才放慢速度。肖顺手扭开收音机,缓和一下气氛。交通频道正在搞司机智力抢答赛,主持人提问,请分别说出《国际歌》《中华人民共和国国歌》的词作者是谁?

毛……毛主席?收音机里的司机语塞了。

肖就说,老谭你知道不知道啊?

弗拉基米尔点伊里奇点列宁。老谭嘴一滑念出这一大串,沾沾自喜起来。略作思考,他试探地说,还有就是毛主席?

完全正确。肖说,加一百分。

然后换一个频道,那里面正在讲国际新闻。这是肖每天必听的,他喜欢听中东局势,伊拉克动向,还有卡斯特罗。结果车载收音机里大谈阿富汗。肖说，老谭，你听，阿富汗国家动物园里就跑剩一条母狼了。

老谭说，嗯。

它怎么不跑呢？肖说，不知怎么搞的，我觉得那母狼一定是在等你。

嘿，我一听也这么觉得，搞不好那只母狼前辈子跟我是一对……他们都讲我天生一副色狼相。老谭并不忌讳，而且眼睛又绿起来。

两人说笑着赶到了星星和，进门时绾起两只袖口，一脸战备状态。可是林老板已经把事摆平了，见两个人走来，就指了指只剩一条胳膊的老朱，说，小肖小谭，以后给你们多加一条弟兄。

——老朱出院以后，林老板给他结了所有的医药账，找他打商量，准备再赔个五万块钱就算是两清了。老朱本来就要在了断的协议上签字，老朱老婆不干，她坚决不同意了断。她说，老朱还可以放炮的，他一下岗，我这一家怎么办啊？老朱也说，林老板我鞍前马后跟你那么多年了，我还有一只手嘛，还可以放炮的。林老板哪还敢要老朱放炮，不答应，于是老朱家里老小就有点急。肖和老谭赶过来的时候林老板已经妥协了。他觉得没必要跟老朱这种人耗，但是绝对不能让他下洞子——他血气太重，搞不好还要招灾。想来想去，只有往采购那边安插。肖和老谭那里多个把人，无所谓的，权当是扶危济困。最后，林老板和老朱谈妥理赔三万，老朱继续做事，一个月一千整。肖和老谭当然不愿意，老朱怎么看都是个累赘。可是又没有办法。

第二天几个人在一起时，老谭就说，老朱你手断了脚指头都能打算盘。两万块钱不到两年就回来了，林老板把你招来，还把你当国家干部养。

唔唔。老朱说，我断了一只手，真断了。说着把断臂举起来，晃了晃。手臂断面还挂着血丝，像是牛排只烤到五六分熟，看上去很生猛。

老谭听到这里蛮不高兴，说，老朱你不要讲你那只狗爪子了，为了那只狗爪，我和小肖坐了一个晚上的班房。我坚贞不屈，还遭到虐待。

肖也说，真的是，要不是被林老板及时营救，老谭搞不定冤死在里面。老朱，别的不讲，一餐饭你是躲不过去的。

老朱说，唔，唔。

肖说，也别去高档地方，星星和就行。

老朱说，唔唔。

第二天掐表等到中午饭的时候，老谭放起飞车，一家伙又蹿到星星和大饭店。下车时老朱说，我身上只有八块六，真的，不信你们可以搜。那顿饭肖掏钱。饭端上来，正好摆在老朱的面前。那是个小木盆，里面装了半斤饭。老朱扯起筷子就从木盆里扒饭，这个动作，在星星和的餐厅里很显眼。老谭看不过去了，踢了踢老朱的腿，说，用小碗。老朱这才注意到眼前还放着小碗。他说，吃饭的？

我还当是喝酒的。

肖说，那就叫一瓶酒吧，给老朱接风。老朱，我看你大难不死必有后福。

老谭看着老朱吃饭的样子，一脸嫌弃，还问他，你，多久时间没洗澡了？

相处不到一天，老朱给他的印象很不好。虽然老朱随时赔着笑脸跟人说话，显得低眉顺眼，老谭还是看着他碍眼。老朱看在眼里，加倍地小心，拿老谭叫谭老板。老谭开始还说，去你妈的，我不是老板。但老朱依然那么称呼老谭，多叫上几遍，老谭气色就缓和多了。吃饭时老谭坐在老朱的左边，一抬眼就能看见手臂的断面。老谭皱了皱眉头说，老朱，你的手怎么断得这么难看？搞得我没胃口。他站起来把椅子挪远一点。

肖说，老谭你真是。到省一蹲了八年，把你惯得这么娇气，像是出国留学了八年。

老谭无奈地说，我有洁癖，没办法。

肖说，你忍忍，将就着点。

老朱敬了老谭一杯酒，之后问，你也是朗山人吧？听口音像。——老朱和老谭认起老乡来了。

老谭说，是。

嘿，我也是。以前我在县三中干过一阵校工。老朱说，那时候三中有个老师，也姓谭。我一看，日怪了，跟你长得特别挂相……

你怀疑我是谭佑明的崽对吧？

不，我不是这个意思，就是看着，嘿，挺挂相的。老朱有些惶恐。

老谭刚喝完一杯酒，打着嗝说，别绕三绕四，看出来了又怎么样？我就是他崽。

老朱赶紧又把杯子满上，说，真的是？以前谭老师蛮好的一个人，棋也下得蛮好，城南通杀。就是死得稍微早了点。

他活该！老谭端起杯子，抿一口，掉转脑袋跟肖说，小肖我跟你说，我爸以前也是个老流氓。我之所以变成今天这样，其实是被我那个爸先天性遗传坏的……

老谭父亲的事情，当年在朗山县城轰动一时。那年他六岁，父亲是县三中的语文教师。县三中那个守门的女人是照顾来的军嫂，年纪虽然偏大，仍旧一脸的狐媚，更重要的是长年守着活寡，很寂寞。分到三中没多久，这个女人就靠偷人出了名，城南一带家喻户晓。而老谭父亲作为学校一名出色的教师，免不了知识分子的清高，自是对她表现得不屑一顾，进出大门的时候从来不拿正眼看她。这反而激发了女人的某种隐秘欲望，不失时机勾引这个谭老师——谭老师爱下棋，回来晚了，守门女人随便披起件衣服给他开门。开了门，女人又装不小心，让本来就虚掩着的衣服恰到好处滑脱一点点，露出一截胳膊半爿上身。就这样！没想到谭老师很容易上钩，矜持没几天两人也就搞上了。女人还得意地跟别人宣扬说，老谭看起来一副正经相，其实比谁都色，猫投的胎，根本闻不得腥膻。——这也怪老谭的妈正好怀着他的三弟，谭老师有数个月疏离了房事，并且往后还要忍几个月，时间漫长得让人窒息。这些都是客观原因，主观上再怎么说，是个人意志力薄弱。事后别人（很可能是守门女人偷过的男人之一，一时失宠）吓唬他说，你搞烂鞋的事公安局知道了，已经备上案的，过几天就下来查。你这是破坏军婚！谭老师当然知道，备战备荒的年月，破坏军婚是怎么回事。他惶惶不安捱了几天，干脆用剃刀片把自己解决了。

老谭记得，父亲死后，他母亲腆着肚皮要去找那个女人闹，出她的丑。女人却不以为然地说，见鬼了，那么多人和我搞过，偏偏他一个人撒娇，硬是要自杀。我有什么办法，不行我还成天看管住他？又不是我的男人我的崽。母亲也是个教师，在学生面前居高临下成习惯了，一时被饿竟讲不出话来，气得嘴皮子打哆嗦。

那天要公开批斗守门女人，老谭母亲冒着老三随时临盆的危险，拉着老谭去看批斗会。看见那女人双肩挂着烂帮的胶鞋，母亲顿觉扬眉吐气。台上还有几个坏分子一起挨批，他们个个像盐水卤过一样，低头耷脑蔫拉吧唧。唯有那女人高昂着头，仿佛是烈士从容赴死。台下群众群情激愤，吵嚷着要女人低头认罪。女人反而以一种高傲的姿态扫视台下，大声说，我可以认错，但是先要讲明一点……女人的声音陡然增高八度，一字一顿地说，你们当中，有一部分人有资格批判我，有一部分人没有资格批判我！台下的革命群众马上乱起阵脚。男人们彼此拍拍肩头，然后含义晦涩地说，老张，嘿嘿……老李，嘿嘿……老王……

当时六岁的老谭夹杂在这些人里边，那个女人临危不惧的样子给他留下深刻印象。如果不是父亲遗留的一沓照片，他估计自己很难记得住父亲，但那个女人，批斗会结束以后他就再也忘不掉。随着年龄增长，老谭渐渐鄙视起父亲的行径，尤其鄙视父亲轻易就撒手而去。相反，他对那个守门女人有一种莫名的敬意。

肖也听得出来，其实老谭更多的是受了那个女人的影响。老谭说，那个女人后来和当军官的男人离了婚，更加偷得起劲，直到老得贴钱也偷不到人了，才收手。现在她还住在城南，我路上碰见她还会打个招呼。可惜她没有生育。要是她有一个女儿，我一定要偷到手，给我妈出一口恶气，同时也是向她老人家致敬。

老谭讲完了自己父亲的故事。肖敬上满杯酒，两人咣唧一口喝干。肖由衷地说，好嘛，原来都是遗传惹的祸。怪不得你英雄虎胆，到那里面敢上王会计。

老朱问，王会计？

我蹲笼子时找的一个相好。老谭酒劲上头面色酡红，吹了起来……漂亮得没法跟你讲，那真是，搞得我蹲笼子都不想出来。

老朱说，你可以啊，蹲笼子都蹲得上瘾，不像我，日子一直过得没人样子，到老还成了个残废。你跟我摆一摆，那女人怎么搞上的？

不能说不能说，说出来把你惹坏了，怕对不住你老婆。

老谭吊起胃口。老朱正好是那种好奇心重黏性十足的人，一个劲劝酒，涎皮涎脸地要老谭讲讲监狱里面的事。老谭的脸色红润起来，嘴角挂起浅笑。肖知道，酒劲上头了，老谭哪有不说的。现在，别人要想不听，老谭搞不定急得地上打滚。

果然，要不了多久老谭就讲开了。——她的胸脯滚圆滚圆，比你妈的坟还大，不小心掉下来准会砸出两个天坑！——即使说起那个一度寄托了自己所有欲望的女人，老谭依然冒出这种不伦不类的感慨。他一边说一边朝老朱额头上喷酒气。肖记得，老谭对王会计的夸张之辞在变本加厉。以前他跟自己讲起王会计的故事，是这样形容：她那胸脯西瓜一样好大两坨，要是不小心掉下来一定砸断她自己的狗腿。当时，肖听得耳朵一耸。他觉得，老谭已经将丰满女人形容得挺极致，没想到这么快就升级换代了。肖甚至怀疑，这些都是以前老谭在笼子里蹲着时，想女人想出的种种幻觉。

老谭的舌头梗了起来，讲话已不流畅，不知要跟老朱讲到几时。王会计的故事肖已经听了不下五遍，再听也没多大意思。肖走出饭厅来到喷水池旁边，看看夜色，以及夜色中一些相互依偎的男女。他估计老谭会跟老朱啰唆半天，因为老谭惯于吊人胃口，酒又喝了不少。肖现在回味起来，那个故事已经略显寡淡。但是当初，老谭的这个故事使自己有一种被教唆的感觉——肖甚至认为，这故事的余绪在一段时间里微妙地影响了自己的性生活。其时他已

161

经和小丽谈了两三年，感情进入了倦怠期。可是那几个夜晚，小丽在肖眼里重新鲜活了起来，变得日益丰润，暧昧，就像回到了恋爱最初的那些日子。肖的梦中经常出现一个妖冶的女人，虽然面目模糊，仍然性感得一塌糊涂。肖意兴索然地醒转过来，仔细想想，发现那个女人不像是小丽。他搜肠刮肚想了好久，确定那是从未见过的女人。肖无端地猜测，那女人就是王会计。小丽是个敏感的女人，她感觉得到肖状态很好，人却始终有种心不在焉的情绪。她问他，有什么心事。肖就笑了，说屁心事，没有。他暗自地想，我又怎么可能告诉你，跟你睡一张床的时候，我梦见的是另一个女人？

　　隔着星星和餐厅巨大的玻璃墙，肖看得见老谭老朱的醉态，还有老谭摆起故事时活灵活现的样子。老谭讲起自己跟王会计的故事，总也显得幸福万状。肖记得，老谭本来是在矿区拖矿的，偶尔给林老板开开私车。那次从北京回来后，肖跟林老板建议，要老谭一起跑采购。老谭心里一直感谢肖，在矿上搞采购是肥差，还可以到很多地方找女人。肖来之前搞采购的换了几个，后来林老板就让肖去搞，一来肖是他亲戚，即使要搞一点，那也是肉煮烂了在锅里；二来肖当时刚从大学毕业，还年轻，林老板估计他不可能卑鄙到哪去。肖心里有分寸。他的前任基本上提留两成，林老板觉得那家伙过头了，就立刻炒掉。肖斟酌了很久，搞多了不行一点不搞又对不起林老板的栽培，最后把这个比例定为千分之八。但肖要负责整个矿上的工人吃饭问题，负责矿山生产的全部设备以及耗材，还要协助调节外围事物，所以收入还是蛮可观。他搞不懂为什么主动拉了老谭过来，这样会分掉一坨子钱的。也许是每天一个人太孤单了，又经常会遇到意想不到的事情，肖希望能有个人彼此照应。

老谭一上得手，肖就主动问老谭，老谭，你说这该怎么分？老谭佯装不知道肖在说什么。肖就说，别假正经了，你是不是发扬风格不要啊？老谭谦恭地说，我看，二八分吧，你拿八。他心里明白，没有肖他挣不到那么多外水。肖大度地说，弟兄见面分一半，五五开好了。老谭真是喜出望外，一脸感激涕零的样子。肖又嫌恶起来，老谭的表情总是和他的形象不搭配。肖认为老谭没理由这么爱财啊，青春已逝，报国无门，功名无着，膝下没有（亲生的）儿女。他老婆早就和前夫弄出两个，把指标用光了。到这地步，老谭本应该愤世嫉俗才对。可老谭就是那么爱钱，一如他的好色。如果让老谭拿八，肖估计，即使提出要嬲他，他也不会拒绝。

相处久了，肖不难发现老谭身上越来越多的毛病。别看老谭惯爱把自己弄得很光鲜像个人物，却始终埋头走路，看见地上有什么东西就忍不住蹲下去翻看一下，觉得有用就捡起来塞进衣兜。有时候他会捡得块把钱；有时候是一枚电话卡，他捡起来找电话棚查一下打空了没有；有一次他捡了一张照片，照片上的女人很漂亮。酒喝多了的时候，老谭会把照片甩出来馋别人,嘴上还说,咦,刚甩掉的。

还有一天晚上,肖发现,老谭这人睡不落觉。那天两人也是在一个乡镇落脚,唯一的旅社里面只剩一间单间了。老谭不太情愿,也只能和肖将就着睡一床。老谭很快睡着了,肖却怎么也睡不着,半夜还跑到夜市街消夜。回到房间,他听见老谭巨大的鼾声,起伏不止。肖羡慕老谭良好的睡眠,而他十几岁起就轻微地失眠。肖没有开灯,轻手轻脚走到床沿,拉起被子要睡。他手指或者脚趾轻轻触动了老谭的一线皮肤,忽然,老谭整个弹簧似的蹦起来,坐在床头,同时发出一声闷哼。肖吓得不轻,类似的情形,港产鬼片里倒是经常有,真正出现在一个人眼前,容易把人吓出问题。肖拧开床头灯,见老谭一脸虚汗,却似没有完全醒来。肖问,你怎么啦?老谭转起眼珠四处看看,这才放了心,说没事,倒头又睡了过去。

那以后,肖再也不敢和老谭睡一张床。

以前肖一个人跑后勤,不免枯燥。现在老谭搭个伴,日子就生动了许多。两个人都喜欢夏天的时候,跑在沥青公路上,一路追逐路面的反光。老谭最爱脱光上衣,连一条背心也不肯穿,说那是男用乳罩,假惺惺的。有一次老谭看见街上有卖文身纸的摊位,弄明白这东西的用处以后,很兴奋。他把自己两臂都贴满了日本浮士绘风格的邪魔妖怪,然后问肖,你看我像不像美国佬?肖艳羡不已,翻动着他的肌腱还有女人一样的乳房,说,就你这块头,到了美国想像哪个就像哪个。你怎么练的呀,不会就是撑俯卧撑吧?

要有系统训练,我订了健美杂志,每一期传到我手里的时候,都翻得个稀烂,可是他们都练不好。老谭说,他们都叫我谭健美,队长(管教干部)也就这么叫,还要我帮他们训练,所以我与队长们有师生的关系。要是扳腕,整个省一没有一个敢跟我调皮。真的,不信你到省一问去。

肖说,你这不是屁话嘛,为你这一句我还跑到省一监狱里去落实?

老谭在女人面前胆子很大,而且总是爱动手动脚。所以,肖觉得这日子就变得更有意思了。碰见单身女人,老谭会拱出头去招呼人家搭车。女人一旦拒绝,谭那句"你痒吗"就脱口而出。老谭没贴文身纸时情况还好点,有些女人愿意搭车,上了车老谭就实施勾引,一概作出垂涎三尺的样子。有些女人吓得马上就下车,老谭不敢强留。有两次,遇到没被他色相吓坏的女人,老谭就跟肖耳语说,这妹子有戏,你不要我要啦。肖也不知道他上到手没有,反正,一下车找到地方,肖会借故离开。手臂贴有文身以后,叫到搭便车女人的几率就大大减少——基本上没有。

那一次,有个搞自助游的女大学生坐了上来,摆出一派很好奇很天真的样子问,司机叔叔,你是不是……黑社会呀?

不是。老谭说,其实我是研究外国文学的。

女大学生惊讶不已,她说,你都研究谁呀?

我嘛,专门研究"啥是逼呀"。

莎士比亚？

对，啥是逼呀，呵呵哈哈。老谭怪声怪调地说。女大学生竟然要跟老谭探讨一下《爱的徒劳》，肖把话头接上了。——我在读他的研究生，博研。肖煞有介事地指了指老谭。正好肖看过，胡侃一通。女大学生听得云里雾里，被肖搞蒙了。到地方后，女大学生就下去了，还一个劲道谢，问他们要电话。两人这才乐不可支。

还有一次，老谭自背后看见一个身材略微发胖的女人，头发染成焦黄，屁股硕大。老谭经验老到地说，这种女人，甩个眼色她就会贴上来。于是开车过去，嗨的一声，问她要搭车吗。女人转身，戴着大框墨镜，半张脸都遮住了。她真就走了过来。老谭面有喜色，朝肖呶呶嘴，说，怎么样？女人扒下墨镜，老谭脸就变了。那女人是他老婆。他老婆说，狗日的谭小军，你是不是成天在街面上叫小姐？老谭说，哪啊，我看见是你。他老婆看着也不省事，把脸一横，说你还骗我？然后冲上来，正反手两个巴掌撂在老谭脸上，发出脆响。两口子说着就扭在了一起，老谭主要是防守，在驾驶座狭小的空间内躲来躲去。他老婆气势咄咄，用指甲花他还不解气，两排细牙齿也凑上去了。

肖没有劝解的意思，坐到后排点了支烟，静静地看着。他这是头次看见老谭的女人陈姐。她面目浮肿肤色偏黄还斑斑点点，但肖不难看出来，陈姐二十年前是一朵花。

最后老谭实在忍受不了了，随便撂出去一拳头，陈姐脸颊就肿了，跌坐在地上，旁若无人地哭起来。老谭把老婆提起来塞进车内，送到一家小旅馆。肖在外面等。老谭哄了半天老婆，又走出来了，要肖开车到超市，买点东西。肖看见老谭左边脸又多了两道血痕。老谭一坐稳就愤怒地说，回去再修理这只老母猪。

陈姐怎么会在这里？肖问。

找我来了。

找你有什么事？

还有什么好事？这个女人每次来，又是劫财又是劫色，不得消停。

不会吧，她脸都肿圆了，还搞？

她下面没事。老谭习以为常，要了支烟抽。随着车势抖动，老谭说起他的女人。——我们小学时同班，她梳两个马刷，是我们班里的班花。我四年级懂点事以后就暗恋她。可是后面参了军，也没机会见着她。我从省一出来以后，有一天进到一家花酒店，一看老板娘竟然是她，就走过去和她打招呼。那时她还不显得老。当时我喝了点酒，她跟我说她已经离了婚，独自带着个女儿。我一下子想起了小学时候那种感觉，还有她扎小马刷的样子，脑壳一热，就说要娶她……她当然巴不得啦，她勾引都勾引不到我这么壮的。我们年纪都不小，嘴上说着，真就结了婚。后来我觉得她开花酒店不是个好事，叫她关了，我挣钱养她。没想到这个女人没事就爱赌，我每次回去，屋里总是有几个小白脸陪着她甩牌……

她都有你了，哪还用得上小白脸啊？肖喷着烟雾，挪揄起来。

老谭说，只是赌牌。她那猪脑壳，小白脸们是想搞她的钱。她那口底子通了眼的溺桶，进水少出水多，败家相。可是这事也难说，男男女女在一起，我又老不回家，他们做些什么哪说得清楚？我不会自我蒙蔽，哪个男人愿意当老K？为这件事我经常修理她，回去一次打她一次，打得她不像个人。我打她真是下得了毒手，你没见她那一脸肿的样子，打得我自己先怕了。睡觉前我担心她摸黑拖刀剁我，干脆把她的手捶得半瘫；又怕她跑出去，一不做二不休，把她腿也打得像老面条一样软。这样我就放心了。可是她伤一好，仍然改不了，以前开店的时候都学坏了。

肖说，家庭暴力。她可以去告你虐待。

敢！这个贱人舍得我去坐牢？我在里面待惯了，无所谓，就怕坐牢的是我，受苦的是她。

你这人也不能这样，成天在外面乱惹女人，你老婆再怎么偷，也没你多。总该讲点道理吧，太霸道了。

那是两回事。老谭板起脸说，男人和女人不同，做那事男人只有赚的，女人只有亏的。

肖斜看老谭一眼，说，你这个人，真的是小农意识。

什么意思？

算了，说了你也不懂。

老谭喃喃地说，她这个老母猪，我算是看白了，早晚撇掉。唉，要是找得到王会计，我宁愿和她结婚。

肖注意到老谭再一次提起王会计，就要他讲一讲。可是老谭说，不讲了，唉，小王的事我是不会讲的。

肖颇为不满，他搞不清楚老谭口无遮拦的一个人，为什么偏偏把王会计捂得铁紧。肖说，王会计怕是你在监狱里面发了癔症，乱想出来的吧？

老谭说，到地方了。以后再讲。

当晚肖睡在老谭夫妇的隔壁。那种乡镇招待所，所有的床都吱呀作响。两口子弄得天翻地覆。肖大为咋舌，昨晚老谭才加的床垫，一晚上弄得有三次以上，没想到这一晚依然生猛。第二天老谭送走了老婆，基本上身上就没钱了。老谭给了陈姐一沓老头票。肖这才想起来，老谭找女人总是找些年纪大价钱便宜的，这样每个月总能省下钱交给陈姐。好在老谭蹲监八年，把胃口改造得相当不错，审美观也变得实用，只要是女人他大都看着顺眼。实在不怎么顺眼的，他会回忆一下省一里的生活，抚今追昔忆苦思甜，就没有什么不满足了。

那个傻婆娘，钱到她手里都会输掉，还不如自己多用一点。每次给老婆钱，老谭就会这样埋怨，但没有这样做。

老谭开车开得飞快，遇到好一点的车，他眼睛一亮，拢过去，徘徊着开一阵，别的司机就知道他是想赛车了。肖提醒说，你他妈捏着两条命，慢一点，老谭笑他胆小，说，你是没见过，进藏当兵那几年，没事就往喜马拉雅山上开，追来追去我就没输过。肖说不住老谭，老谭这个人浑身的劲，房事过频也发泄不完。好半天，老谭累得不行了，才停下来。肖主动替下他，让车平稳起来。老谭坐在

169

一旁就睡着了，打鼾磨牙齿放屁。肖难得清静，而这段公路又不错，开着车还惬意。老谭一醒转过来，又骂起了老婆。——现在老子在辛辛苦苦地赚钱，那头老母猪搞不好却在偷人。肖说，没那么快吧，昨天陈姐被你修理得有够惨，恢复元气也要几天。老谭说，你晓得个屁。女人个个都是无底洞。骂完了老婆他又想起了王会计，又产生些感慨。老谭总会在醒来的时候，一不小心想起那个王会计。肖觉得，很可能那个女人经常出现在他的梦境。于是肖的好奇心又上来了，他想不出还有什么女人能让老谭念念不忘。他问，老谭，王会计到底怎么回事？

老谭还是不说，神秘地一笑。

肖就有点火，他说，又不是你马子你吊什么胃口？

以后再说。老谭敷衍着，并说，我早晚会把那只母猪撇掉，再把王会计找来结婚，这样你就能看见她了。

肖问，她还没有结婚吗？

老谭无比坚定地说，结了，还可以离。

他们买完足够矿上吃两天的菜，加大油门开往矿区。进山以后视野就有些寂寞，有矿的地方往往地表贫瘠，杂草丛生。眼前单调的景象使老谭忽然又想起老婆的好来。最主要的，他说，别看这只老母猪，她生了一个相当不错的女儿，叫小叶，十七了。那个漂亮啊……老谭忽然奇怪地看看肖，肖反过来也古怪地看着他。老谭就问，你也不小了，没女朋友？

肖从来不告诉老谭自己恋爱的事，他怕老谭拿小丽说事，更怕老谭要见一见小丽，然后来几句赞美之词。老谭对女人的赞美只会适得其反，让人窝心倒胃。

肖说，你不是想把你老婆的女儿介绍给我吧？哥哥哎，我跟她搞对象不打紧，但有一个小小的问题——那我怎么称呼你啊？

我们两弟兄管那么多，随你叫好了。老谭讨好地说，反正小叶又不是我亲生的，你只要骗得到她，怎么干我不管——也算是肥水不流外人田。

肖说，我心里还是不踏实。你想一下啰，假如我娶了她，然后你是她妈的男人，我是她的男人，而我又叫你哥你喊我弟兄，那别个人一定以为我们这一窝，很乱伦。

老谭不悦了，他说，你真是不识好歹。你是没见过小叶，见到了以后你的眼珠搞不好都要滚出来。那个小叶，别看才十七岁，要胸脯有胸脯，要屁股有屁股，该长的地方都长了……

老谭说起陈姐的这个女儿，眼里面就流露出迷离的神情，进入自己叙述的境地，浑然忘我。而且语气也不检点。如果把他的话掐头去尾，谁都会以为他在说自己的某个老相好。说到动情的地方，老谭眼里竟然有馋涎欲滴的意思。肖暗自笑了，他忽然觉得那个小叶碰上老谭这样的继父，其实一直身处危险之中。

要不，有空我带你去认认她？她在柘州卫校读书，以后是个护士。你看，工作也不错嘛。老谭还在大力推销。肖就嗯嗯啊啊支吾着，不置可否。肖倒是想有机会见见小叶——即使不找她做朋友，也要见她一面。在小叶面前，他想自己可能会说，孩子，你要提高警惕呵。

那次，林老板安排两人赶去广林县取一批半月销和其他订制的机件。侯七就死在广林。去的时候机械厂正在赶制，要等几个小时，肖就建议老谭去凭吊一下侯七毙命的地方。他跟老谭说，你不去那里看看？

哪里？

侯七死的地方。肖说，你不是跟他很熟嘛。再说，人家跑出来有多半也是你讲故事惹起的。

老谭说，那弟兄哎，去看看。

那是一条尘埃感弥漫的里弄，有一小撮阳光铺在里面，更显昏沉。老谭说，老侯就死在这里？没想到老侯会死在这种地方。

肖说，不会错，我对广林很熟。要不然你问问那个鞋匠。

他们把皮鞋都扔了过去，鞋匠的面纹一下子展开了，他觉得这是一笔很不错的生意，就敲打起来，还负责上油打蜡。

肖问，你知道十来年前，那个被打死的俐城人吗？

你算找对人了，你是说侯生元吧。鞋匠的口音有点怪异，两人勉强听得懂。他竟然准确记得侯七的名字。——那时候他也和我一样，天天在这里补鞋，人总的来说很和气，见谁都笑着打招呼。谁晓得他是杀人犯呢。听人说他前后杀了七条人？

老谭说，只三条。

也可以啊，当时真看不出来。他补鞋不怎么样，杀人却了得。那天我看见有两个人，穿着便衣朝他走过去。我还问了一声，修鞋吗？两个人理都不理我。我正在恼火打脱了生意，其中一个人就喊他的名字，侯生元。他刚抬起头，喊话那个人一枪就结果了他的狗命。

鞋匠话说完才感觉不妥，老谭鼓起眼睛盯着他，鞋匠这才想到自己根本摸不清两人的路数。鞋匠脸上有了惶恐。

两人穿起鞋走了。

回去的路上，肖开着车。他又一次跟老谭说，把你那个王会计，讲一讲。说不定我可以帮你找到她。老谭嗯了一声。什么也没说。两个人坐车厢里抽起了闷烟。路况不好，车子颠得厉害，老谭看见肖的胸前有个挂饰被颠了出来，小玻璃瓶子，里面有银亮的颗粒。老谭伸出手来捏了一下，问，女孩子给的吧？怎么给你瓶药？肖说，这叫情人砂。

我也有个东西。老谭把手伸到裤兜里，掏出一个寸许长的小东西，放在手掌中央。他问肖，认得不？

刚从地上捡的吧？肖瞟上一眼，觉得那东西的样子有些怪异，看上去是个小铁管，一头有旋纹一头光滑，光滑的那一头套着一截暗黄色的胶皮。他想了想说，看上去，好像是教人避孕的教具？

你的思路是正确的，再猜。老谭故弄玄虚。但是肖实在猜不出来。老谭嗯啊了半天，才公布正确答案——这叫

173

气门芯，单车轮胎上的。每次我看看这个东西，就会想起王会计。

肖以前没买过单车，有时候借别人的车骑一骑，也不曾把气门芯取出来看。肖心里想，老戏文里面，王十朋和玉莲荆钗为盟，徐德言乐昌公主破镜重圆；小丽好歹送了自己一小瓶情人砂。老谭和那个王会计绝了，送气门芯。他跟老谭说，定情物？好嘛，猪八戒养哭雀（乌鸦），什么人遛什么鸟。

当然不是。

未必王会计长得像气门芯？

老谭佯作生气，说，怎么会呢，长得像气门芯？长得像单车的你找得出来吗？

肖追着问，怎么个好法？我跟你讲，吊胃口也别把肉吊臭了。

你激我也没用，我不会说的。老谭收好气门芯，又抽起了一支烟，人变得沉默。拐过一道急弯，前面现出一大片待收的稻田，天边压过来几团暗灰的云，一派要下雨的样子。老谭这时忽然问，你……痒吗？

肖说，老谭你发颠了，你跟我讲这个有屁用？我又不是女的。

你搞错了，我其实是在向你问好，相当于"你好吗"，但我这话程度还要深一点，不当你是弟兄我不这么问。老谭觉得自己辞不达意，就循循善诱地问，肖老弟，你读过的书多，那你说说，人活着最大的快感是什么？

搞女人？

不是。

发财，像林老板那样，喊起人来都像喊狗一样？

不是不是。老谭蛮深刻地说，你看到的只是表面现象，实际上这些东西骨子里，是一种——痒。

肖说，了不得，你看问题专看本质。

不是我说你幼稚。虽然我没读过什么书，可是把你一个人关几年，你他妈想不深刻都不行。我算是看明白了。老谭继续那种无所不知的语调，说，比如你说搞女人，实质上，是你痒了，需要抓痒。发财也是这回事——你想发财，其实就是你心里面痒了，等到发了财，那些钱在你心里面抓痒，就蛮舒服。——我明白了这些以后，有脚气病一直就不愿意让它断根。

肖不禁对老谭青眼相加。他觉得老谭坐牢几年，思路是有点邪，摆歪道理却能自圆其说。

老谭又说，我刚进去的时候，块头还没练出来，加上人又长得漂亮，所以省一的那些鸡奸客老是围着我打转，想勾引我。他们上不了我的路子，就天天骂我说，谭小军你屁眼痒吗？我很气愤。以前在外面只有别人躲我，哪被人随便骂过？但是刚进去时我还站不稳脚，势单力薄，打不赢他们几个。于是我就开导自己说，痒是一件舒服的事，别人骂你屁眼痒不痒，其实是在关心你啊——他其实在问你，身体上那个部位舒服不舒服？这么一想，气也消了，一天的云也散了，日子也才捱得下去。不过……老谭顿一顿又说，痒这东西，我们要一分为二地看待。只有痒起来你又抓得着，这才舒服得起来。最要命的，就是你背心窝子忽然发痒，一时又找不到树干或者墙棱角蹭一蹭，那简直要掉半条命。痒其实比痛还要钻心，更让人受不了。蹲笼子的时候，同屋有个家伙从行车上摔下来断了腿，打上石膏。过几天那伤口痒起来，他隔着石膏模子硬是抓不到痒处，差点憋疯了，成天长哭短嚎。我忍不住问他，是怎么个痒法？他歪着脸跟我讲，好多肉蛆在里面爬！——我老天，听他这么一说，我后背就麻花花地起腻。我还听说，以前有一种杀人的方法，就是让羊去舔人的脚板心，舔得人奇痒无比，狂笑不止，到最后一点气力也没有，就会断气。我听完真的是怕了。要是让我死，我情愿上刀山滚油锅随便怎么死，就是不要痒死。蹲监狱最难忍受的，说白了，也是痒起来没法抓，把人活活地痒死。

　　肖越听越玄了，他说，老谭，他们再关你八年，搞不好你能当个哲学家的。

　　老谭说，搞不好到那时，哲学家都想当我。

　　很快下起雨来，天色转眼暗了几重。夜晚已经来临。雨刷律动起来，雨水在玻璃上毫无纹理地流淌，车内和车外环境有了一种隔绝。眼前的一切，使老谭不可抑制地回忆起王会计来。——她那胸脯滚圆滚圆，好大两坨子，不小心碰掉下来，肯定砸断腿。老谭舔了舔嘴唇，说，而且货真价实，不像现在的女人，一个一个看起来都蛮丰满，其实三分之二是海绵。

……刚进去的时候我就想到要死。我觉得十五年好像就是一辈子。虽然我当时二十左右，回头想想以前二十年也很短，可往后再想个十五年，简直没有尽头。那种感觉，你没进去过，跟你说是空的。里面十二个人一间屋。刚进去我被里面的气味熏晕了几天。白天干活按互监组行动，吃饭时一人一钵子，一个星期轧钵子（开荤）两次，吃不饱，还得防着老杆子搞我——我在监狱里真是守身如玉。我足足有三个月才稍微习惯里面的生活，可是一旦习惯，就有一件更麻烦的事：又开始想女人了。我虽然很会勾引女人，可是这里面根本就没有女人。我这才晓得坐牢最怕的是哪回事——我这么一个须尾俱全的男人，却要守活寡！里面没有女人，搞得我们男人个个肝火虚旺，一天不打打架就难过日子。有一个晚上看电影，放的是新片子《少林寺》。大家一看就不高兴，本来都憋得没人样了，还他妈让人看和尚。没想到里面有个放羊的小妹子蛮漂亮，一张口唱起山歌还挑逗人，什么"举起鞭儿轻轻扬"。大家一听炸锅了，嗷嗷地学起了驴叫，那么好的电影不看，学起歌来。听说第二天，监狱长把选片子那家伙叫了去，说你怎么挑选的？演一演和尚搞对象都他妈算了，还唱黄色歌曲。

　　其实，这歌哪黄啊。哪像现在，到处都是黄色歌曲，大家听着打瞌睡。以后新片子不敢放了，尽放老片子，里面的女人还不能比《苦菜花》里那个大妈更漂亮。

　　过年过节的时候，家属来探监。那些结过婚的家伙如果和领导关系搞得不错，减刑分又累积得很高，就可以申请老婆留宿，好好泄他一个晚上的火气。我听说这回事才知道，自己亏了。我怪我自己，进来以前怎么就没结婚呢？没结婚，表现再怎么突出，这十五年也注定碰不到女人的。年三十夜，我咬着枕头流了一个晚上的眼泪，一边是流眼泪，一边是下面那家伙一个劲发硬。同号子有个狗日的上小单间搞他老婆去了。我想象他两口子搞事的样子，憋得眼睛血肿。那晚跟平时不一样，很多人都哭，特别是头一年进来的，哭得很惨，像亲老子们一齐掉进茅坑溺死了一样。第二天一起来，听说昨晚吊死了一个，白天干活的时候又有一个跳行车死了。一天里头死了两个人，我心里就发虚。我发现，在这里面乱七八糟想事是非常危险的，想得多了，脑子必然会乱，一旦脑子乱了，不由自控，那就不是开玩笑的。于是我尽量让自己不想事，尽量像一头猪，没心没肺地活着。

那一天我给自己定了最高纲领：不自杀，也别发疯。这就够了。

头一年里他们不大看得起我。虽然我打架也蛮狠，出手歹毒，别人还是看不起我。他们把我叫扳脚客（轮奸犯），比打洞客（强奸犯）都不如。里面地位高的是屠夫（杀人犯）、铁西瓜（爆炸犯）和梁山客（抢劫犯）。要不然做个扁马（诈骗犯），别人还敬你是知识分子。我搞不了女人，还被那帮狗日的看不起，人就很消沉。我觉得消沉下去也不是事，就想到了做俯卧撑。运动可以分散精力，做俯卧撑的时候你没法去想事情。别人都以为我吃牢饭吃出味了，还想着锻炼身体爱惜生命。实际上我非常地灰心,一旦停下来就会害怕,只有咬着牙齿做下去。要是忍不住想到了女人,我搞不好会做半个晚上的俯卧撑,直到一栽下来就睡着。他们也很烦,我搞得他们睡不落觉。有个扁马经验老到,看得出来我在想女人,就说,狗日的你打手枪吧,做什么俯卧撑,闹夜啊?

可是我不愿意搞这种事情。我以前从来不手淫——在外边时根本用不着。再说我觉得有这习惯的人实在无聊透顶,没本事搞到女的,就自欺欺人。当时我还有一个很奇怪的想法:一旦手淫,我很快就会不能自拔,就会崩溃。不手淫我才攒得起一鼓劲。所以我敢说,我是省一里面唯一不手淫的犯人。但我偏巧又是个扳脚客,别人根本不信。……操,小肖你也不信?怎么解决?我跟你说,千真万确我没有搞那事,宁愿憋得自己跑马。梦遗是另外一回事,那就与我无关了——而且这么一来,我可以在梦里看见美女。正因为憋得住,我才有资格感觉自己高出别人一筹。

我想见到女人,可是又不知道怎么样见到女人。老电影里有时也出现个把女人,可那是光打在白抹布上的,不鲜活,而且一个个包得像粽子,只有棱角没有曲线。在里面可以订订杂志,但有限制,只能订党报党刊和没印女人照片的杂志。像《大众电影》这样的杂志就不能随便订,因为里面期期有美女像,时不时穿着三点式飞抛一个媚眼,得了?还不把人都惹坏了……

肖听到这里笑了,说,本来都不是好东西,还能坏到哪去？

所以要改造过来嘛，必须防微杜渐。外面已经全黑，老谭点烟时火苗子直晃眼目。他继续说，我的运气还算好。那一次我们总装车间和砖瓦厂的人搞联欢，比摔跤。摔跤是我的特长啊，我随随便便就放翻了砖瓦厂的三大高手，还不过瘾，可是那边再找不出人来了。车间主任老江说我给他长了脸，硬是要拉我去他办公室就猪头肉喝白的。喝了些酒，老江问我有什么要求，他尽量满足。我当时脑子转得不快，心想能有什么要求呢？我想搞女人你能帮上忙吗？机会也不能放过，我想来想去，就说，想订几本健美方面的杂志，把肌肉练得更结实，回头继续为我们总装车间争光。这话老江听起来舒服，当即就拍板，替我去活动活动。

杂志到手以后，里面尽是穿三点式的女人。头一次，我看得鼻血差点喷出来。里面的女人虽然个个方头方脑，肌肉横得像男人，但是——她们穿着三点式呵。这他妈就足够了。别人想借看，我不让。我看完以后，把里面的女人照片剪下来。这东西，在里面可以当钱用。等到轧钵子的时候，我拿出一张照片，和别人换肉吃。这样，我每次轧钵子都能吃三四份肉。一般的人在里面吃肉塞不了牙缝，我腻油。更重要的是，有了这东西别人都不小看我了。那些狗日的，一旦放风就涎皮涎脸围着我转，说，谭哥，画片子还有吗，赊一张啰。一个个全都犯贱。可惜犯人身上不能带钱，家属给的钱全放到小卖部扣账，要不然，我蹲笼子都能发一笔财。等到管教查房,每个笼子里面都搜出一把把三点式的照片,一追查,查到我这头了。老江背了责任,把我骂了一通。后来他还是让我订那种杂志,但是杂志寄来时,他找剪刀先把所有的女人照片都剪干净,再递到我手上。

还有个屁看头,我也就不订了。

又过了年把时间,有一天,我们两个组的人排着队去车间上工,半路上忽然看见一个穿军装的女人骑着单车过去,相当漂亮相当丰满。当时,只听见眼珠子噼里啪啦地往地上猛掉,低头一看,地上全是血红血红。那个女人,转个眼的工夫就进到办公室去了——嘿,你也猜得到,她就是王会计。回过神来,每个人在地上随便摸两颗珠子安进眼眶子里,嗷嗷地嚎叫起来。

那以后我留了个心眼,一有机会就往办公室里面瞟。可是好久都没有再看见她,哪怕是闪一下。我觉得这很危险,我想她想得很痴,有几个晚上都不睡觉了,白天打瞌睡就挨家伙。这样搞下去很危险,搞不好我会发疯。我也没有别的办法,只有加大做俯卧撑的量。后来做俯卧撑不过瘾了,就把剪掉照片的杂志重新翻出来,照着上面写的那些方法,系统地练。

有一天,我没看见她,但是我看见那些挂了红牌的车间管事还有副业队队长可以往办公室里跑。他们要报数据领料。我这个人,豁地一下脑壳就亮堂了,晓得应该怎么做。那天晚上我又睡不着,躺在床上,咬起牙齿下了决定,从这天起要改头换面重新做人——我想豁他三年时间,一定要混上个车间管事当当。

那以后我干活肯卖力气,像给自家干事一样。而且一年以后块头也练出来了,同牢子那党鸟人这才看出来我已经非常不好惹。我几乎把他们每个人都打扁了两三次,要他们选我当组长……狗屁众怒难犯,那里面谁团结得了谁,谁下手歹毒谁讲了算,没二话。往后我又肯钻,在总装车间做事情没出过一点差错,不光是老江,连狗日的副监狱长都喜欢我,也跟犯人一样叫我谭健美。过了两年,我胸前白牌换成了红牌,进了积委会,基本上每个月都因为劳动积极受到表彰,拿全额的减刑分。

我花了差不多四年时间,才混上车间总检的位置。我记得,八九年七月份,天气都很热了,我才第一次找到机会,去办公室交一份报损表。

我走进去的时候,腿肚子抽起筋来,走起路来像只螃蟹,不知道横竖。当时里面人很多。她就坐在靠窗的桌子边记账。这几年里,她也耐不住随便找个人结婚了,后脑袋绾着粑粑髻,显得比我当初看见她的时候成熟。我走过去,把单据放桌子上。她看都不看我一眼,只是把头勾下去打着算盘,显得很斯文。我有点泄气,心里说,我为进这道门坎装了四年崽,干白工也卖力得像给自己亲妈干,可你他妈瞟都不瞟我一眼?她见我站着不走,仍然不抬头看我,领导一样地发话说,你,可以走了。她讲这话,别的人都朝我这边看过来。我只有老实走人。

出了办公室,我一眼看见她那辆单车,女式的,摆在过道上。那天也他妈邪,我看见她的单车都觉得性感,趁着没人拢了过去,本来想把转铃的铃帽揪下来,一下子没拧松,焊死似的,只好把气门芯拔出来。这就放心了。晚上睡觉后,可以拿出来看一看摸一摸。——哎,就是这个。老谭说着,又拿手往裤兜里掏。

肖说,行了行了,那玩意我看过的。往下讲吧。

……我又进去了好几次,她终于发觉我老是盯着她看。那天她猛地抬起头看我一眼,我脚跟就是一软,还好没瘫下去。她比我想的还漂亮差不多七倍,不算年轻了,听说年前刚生下一条崽。我注意到,她那胸脯滚圆滚圆,好大两坨囊膪肉,要是掉脱下来一定砸断腿。当时就有点控制不住眼睛了,拼命咽着口水。她问我,怎么老这么盯着她看。我往那边看看,办公室别的人离得有几步路。我低下头小声说,你长得很像我以前的女朋友严冬梅。她没有生气,还笑一笑,说,是吗?你出去吧。她冲我笑的时候我眼都花了,回去整整三个晚上睡不着,闭上眼睛就看见她的……那怎么说?

音容笑貌。

听着怎么跟她死了似的?哎,反正也就这个意思。老谭接着说,那以后我每回进去都要和她说几句话。慢慢地跟她熟起来,她也和别人一样叫我谭健美。我穿短袖的时候她一高兴,还说,谭健美,鼓一个我看看。我就捋起短袖,鼓了鼓二头肌让她摸。她一摸着我手臂的青筋,就笑得浑身乱颤。我还问她，你男人有这块头吗？她撇撇嘴，说哪能跟你比。

那一年我应该算是过得很快活，隔一阵就能见她一次，见她一次就觉得她漂亮得翻了倍。当然，我还清楚自己待在什么地方，所以也知道控制情绪，不敢动什么邪念——那只会憋坏自己。那时，我只想按时地看她一眼，就足够了。有一天我带队去上工，走在最前头，她又骑着车来上班。她看见我，竟然放慢速度笑着点点头，就差没打招呼。后面那帮家伙看得眼馋，伸手拍我的脑门，乱作一团。我不得不维持秩序，把闹得最凶的那家伙搞了一拳，才让这些鸟人安静下来。可是我心里特别地……舒服，还在想，这小婊子是不是，喜欢上我了？

我到哪里都讨女人喜欢，有什么办法？

到第二年四五月份，有一天，我照样去办公室填领料表。我老天，真是逼我犯罪，办公室里只有她一个人。这种机会，十年也未必碰上一回。我心悬了起来——整个人都悬了起来，走路很飘。我把单子填好放在她桌上。她和我聊了两句，继续订账本。过一会，她注意到我还在，就说，谭健美，你可以走了。

当时我脑子一热。我知道，今天要是白白走出去，服刑期里绝对找不到第二次机会了。我想哭，然后我猛然冲过去，从后头抱住她，隔着衣服，一只手抓住一个奶——还抓不住一个奶，一只手顶多抓半个，像水袋子一样摇晃得起。

我没想到我真的哭了起来，狗日的我还是没忍住。我感到真舒服，二十几年，从来没有这么舒服过。我都不记得有多久没碰过女人了，差不多忘了女人的奶长在哪里，突然一下就摸个正着，柔软得让我只想给她当崽。同时，我脑子里轰轰地响炸雷，我知道她一叫喊，我就完了，不但以前挣的减刑分全部作废，还要加刑，搞不好要转移到新疆去——据说加刑的人是要被转到新疆一个监狱，那监狱建在沙漠中间，敞着门你都跑不脱。一想到那种冷火秋烟鬼打死人的地方，我脊背就发冷。可是，我整个人已经失控，捏着她奶不肯松开。

她还挺冷静，用手指甲掐我的手背，压低声音说，谭……健美，我命令你放手。放手！可是我的手根本放不了，我跟自己说，加刑我也认啦。我哭得很用劲，可是哭出来的声音很小。她命令了几次，没有一点作用。她就吓唬我说，我要喊人了，你再不放我要喊人了。

我想求她别喊人，让她可怜我，让我多摸一会就行。可是话说出来就变味了，我哭着说，我喜欢你呀王会计，我想你都想疯了，你让我摸一会，摸完了你杀了我。我不要命了我不要命了……

她还是在吓我，不过声音总大不起来，压得很低。我提心吊胆，生怕进来一个人撞见。可是手已经僵了，那简直是王八咬麻绳的架势，挨刀剁都不松口。同时我下面这根王八东西也没完没了地来劲，不肯消停。那以后我再没有这么好的状态，嘿嘿，我自己清楚。

185

过一阵，她不做声了，手指甲也不再掐我，放在一边。我歪着眼睛看她，她稀里哗啦地流眼泪，但就是不哭出声。但我怎么能放过她呢，这么好的机会，她哭也是白搭，我命都不要了还管他妈的这些？——当时我估计她事后也不会放过我，所以我也就死猪不怕滚水烫，打算把牢底坐穿。隔着衣服还不过瘾，她一时又没有挣扎，我就把手伸进衣服里面去。她穿着一件外衣一件衬衫，再里面是背心，没有乳罩，这就好办多了。我没想到她那么大两个奶全是真货，没有注水，如假包换。她的胸脯太柔软了，像是不停地流来流去，我一激动，有点抓不稳。过一会儿她就说，行啦行啦，放开。她说话都发抖，上下两排牙齿磕得吧哒吧哒响。我听见她在发抖，胆子反而更大了。我想，我这人是有点得寸进尺，摸着也不过瘾了，我要打开看一看。我说，再等等，再等等，就好了——摸完你杀了我，一定杀了我！我慢慢把她移到窗台那里。我面对着她和窗外，她屁股挨坐在窗台上。她脸上很湿，还咬着牙。我不敢看她，往外面看了看。光线搞得我眼睛刺痛。外面是砖瓦厂码砖的地方，十几个家伙来回搬砖。我看着他们，他们却看不见我。于是我想呐，要是他们知道这时候我就在这扇窗子后面当起神仙，他们一定会气得集体自杀。

我记得她外面那件是老式军装，那种"革命红旗飘两边"的军装。她变得越来越顺从，仰起了头闭上了眼。我每解开一件衣服前，总是对自己说，再忍一忍，等一等，然后深深地吸一口气。但她只有几件衣服，我终于还是捋起她的背心了……老实说,她的乳房有点垂,乳头发黑。我脑袋嗅得那么近,我看得见她的乳头是一颗颗水泡样的东西聚拢来的,中间有个白点。

我突然又哭了,真有点搞不懂,那时候怎么这么脆弱。

我横腰抱着她,她忽然搂住我脑袋,气喘得很大。我头一栽,张口就咬了下去。我很用力,咬下去以后我就怕了。我一不注意用力很大,我想一定是把她咬得流血了,怕她痛得叫出声。她浑身一震,可是她没有叫。她非常奇怪地拿起我的头看,然后又抱紧我的脑袋,摸我的头发,我差点没鼻孔出气。

这时,我已经不晓得什么是怕了。甚至想到新疆那个监狱,还感到亲切。我心里说,新疆就新疆吧,有葡萄有哈密瓜,天天吃涮羊肉当饭喝奶茶,还有什么城的姑娘一枝花……事后我想,这个时候我脑子可能已经出现幻觉了。

我把脑袋从她肉堆里抽出来,换一换气,这时看清了她的样子。当时她仍然仰着一张脸,脸上绯红,嘴里发出一种古古怪怪的声音,像是在哭,仔细一听,又不是——我这个人,你也知道,从来不肯讲女人的好话,可是到这里我还是要说,她当时显得特别特别的……怎么说呢,慈祥。妈的,我硬是弄不到合适的词。她让我差点想起我的妈。我不是说,她很显老,实际上她很漂亮……老谭极为情绪化地说,没有人能和她相比。

——完了?肖等了好一阵,才意识到老谭已经说完了王会计的故事。

完了，当然。

肖说，我怎么觉得没完——你到底把她搞了没有？

那是我跟她的事，你别问。

留一手？悬念？

就算是吧。老谭说，反正，那天是老子最爽的一天。后来——你可能又要说我变态——我找了些婊子要她们穿上那种老式军衣，让我慢慢地剥，可是全不是那种感觉。我也算搞过一些女人，但是心里知道，最过瘾的那次，在省一里面用掉了——准备工作就做了四年，那是什么快感？我现在搞别的女人，其实经常要闭上眼睛想起王会计，这样我才搞得下去。

我从办公室出来，回到车间，有人问我上哪去了，我唔唔地，这才发现自己根本讲不出连贯的话来。事后我才害怕。捱过半个月，屁事没有。那以后起码还有三个月，我没能回过神来，差点没忘记这他妈是在蹲笼子。我又鼓起胆子去了办公室。她仍然在里面上班，知道我来了，装得什么也没发生过一样，埋头记账，再也不抬起头看我。我也知足了，不再拢过去缠着她说话。我对谁都不说这事。可是到底没忍住，上医务室打针的时候，跟侯七一个人说了。结果，把人家害成这样，哎⋯⋯

九一年，我本来还不够格出来，是老江帮的忙。他已经升副监狱长了，在里面混得很好，帮我办了假释。我一出来就打听王会计，听说她九零年年底调出了省一。她原是柘州人，听说她男人也在柘州上班，我估计她应该出不了柘州。有一段时间,我就在柘州马路上游来荡去。那时是夏天,我头发还没长出来,青头皮油光发亮,晚上光着上身逛马路。柘州那些小流氓看见我这一身好膘,走过来跟我说,大哥,喝啤酒。我喝他们的酒,还叫他们帮我找人。可是这帮水佬倌办事不行,好久都打听不到人,却给我拉皮条。他们说,是你女朋友?不行我们给你换个。我一听就来气,狗日的还当我找不到女人怎的。我跟小崽子们说,继续找,就当是找你们的妈。可是一直没能找到。

柘州也就屁大一点,迟早我会找到她的。她最好是离婚了,然后我二话不说马上离婚。

讲得蛮动感情,这事可能吗?别欺我没进过监狱。肖说,真的假的?

老谭一脸严肃地说,崽骗你。

她叫什么名字?搞不好我可以帮你问一下。

王好——她的名字有点怪,女旁加个向警予的予。如果不是她名字,我保证八辈子也不会认识这个字。但是以后要是我儿子孙子敢不认识这个字,一定剥了他的狗皮。

肖一直暗自查找着王好的下落——既是帮老谭,同时也是满足自己内心的某种需要。肖想见王会计一面,看看她到底怎么个漂亮法。这么想的时候,肖就嘲笑起自己来。掐指算算,那女人年岁应该是不小。现在满大街或粗或细的美女看不完,上了年纪的王好能有什么看头?他以为这傻念头过不了几天就会淡出自己脑海,可是几个月下来,想见到王妤的心思竟然日益变得强烈。肖记得有一天晚上，他和小丽掐着日子例行做爱，状态相当不错。在兴奋得几近虚脱时，肖头脑里又一次闪现了幻觉——这次他清晰地看见那个女人。幻觉中的图像稍纵即逝，但他记了个牢实。以前肖也梦见过那女人，像素却总是很低；而刚才，她的样子有如工笔重彩，纤毫毕现。肖从来没有见过王会计，但是他越来越相信，经常在自己脑子里像月亮一样蹭出云层的女人，无疑就是王会计。她绾着发髻，穿着军绿色的上衣，眼睛里也许有些泪水，面部却相当安详，有一层皎洁的光。这个女人漂亮透顶。肖觉得，这个王会计，足够每个男人为之销魂蚀骨。小丽发现肖又走神了，就在他鼻头揪了一把，说，你怎么老是心事重重的。肖并不急于回答，而是坐了起来抽烟。很久以后，他问，你不是在电信收钱嘛，能不能用你电脑给我查一个女人？我一直想找她的，老找不到。小丽怔了一会，嗔怒地问，网上泡到的吧？肖就笑了，说，那个女人不比你老妈年轻多少。

　　肖跟小丽讲起老谭和王会计的那些事。小丽一边听一边不屑地说，流氓，真是流氓。当肖略作停顿，小丽又会问，后来呢？……噢，是这样的。肖不紧不慢地说着。这个故事，老谭给肖讲了数遍。现在，肖复述起来，也能像老谭一样，时不时稍停片刻，吊足胃口。听完故事，小丽就问，你说的这个老谭，每天都跟你在一起？肖点了点头。小丽说，得空，我也见见他，和他聊几句。肖想了想，疑虑地说，最好还是不要。你还蛮自私的，不放心我还是不放心他？小丽笑了，又问，那个女人叫什么名字？

王妤。他还用手指在她的掌心把"妤"字写了一遍。

王妤？好，得空我调一调电脑资料，只要这个女人买了手机，就好找了。

但是小丽那边一直没有答复，像是把这事忘了。

老朱刚来那阵煞是恭敬，成天到晚地喊肖老板谭老板。肖听不习惯，跟老朱讲了很多次，老朱才改口叫他小肖。至于老谭，对这称呼略有推辞，可是态度不是很坚决，于是老朱就谭老板谭老板地叫了下去。老朱是那种极善察言观色的家伙，相处没几天，就看出来老谭在肖面前也有几分巴结的样子，于是估计老谭跟自己差不多，摸爬滚打混饭吃的，不是林老板房族的亲戚。一来二去，老朱觉得自己犯不着在老谭面前太过低贱，不过谭老板喊顺溜了，老朱一下子也不便改口。

老谭敏锐地觉察到了老朱态度明显地有了改变，而且把自己和肖区别对待。老朱不在的时候，老谭就跟肖说，老朱典型的白眼狼一个，以后对他态度不能太好，要不然，给他点好脸色，他搞不定就会提出来，要和我们分提成。肖说，不会吧？其实我也在想，是不是把提成也给他分一股。老谭说，那不行。我们对他够照顾的了，有几个残废拿得了一千块钱的工资？可以照顾他，但不能让他得意忘形不是？

那以后老谭尽跟老朱摆脸色，还时常支使老朱去做两只手才能做的事。比如让他换电灯泡。泡子是挂在灯线上的，老朱再怎么拧，力气总是费在灯线上。灯线拧得跟麻花似的，灯泡却一点事都没有。后来三个人为节省开支，买了炉具烧饭做菜，厨房的事就扔给老朱。一般的活老朱能只手拿下，但老谭经常买来活鸡活鸭让老朱宰。老朱拿了菜刀就顾不上鸡鸭，拽住鸡鸭又没闲手拿刀。鸡鸭老是从老朱手里打脱，老朱只得提着刀在房间里追杀鸡鸭，凌空虚砍，跟杀人似的。但老朱很快找到了对策，他用一只手拧着鸡脖鸭颈活活捏死。老谭也有招，此后好几次提来一桶活黄鳝让老朱弄。他嫌黄鳝不够滑，还往水里添些肥皂粉。老朱一只手怎么也捏不稳，好不容易捏出来一条，却又滑脱到阴沟里去。去阴沟里掏黄鳝，更是让老朱伤透了脑筋。见着老谭，老朱有了抱怨，老谭就垮着脸说，那你还能干什么？要不然你开车我炒菜。回头老谭照样买黄鳝。他说，老朱你气色一直不好，要多补补血。老朱费了好久时间才学会捏黄鳝，同时也明白了老谭的意思：不要忘记自己是个什么东西。老朱理解了这一层意思，马上就恢复刚来时的那份恭敬态度。总的来说，老朱算是个明白人。

可是，这事也怪老谭自己焉了一把，不能把面对老朱时那种居高临下的态势保持下去。八月初的一天，三个人采办了一车货弄到林老板的选矿厂，看着天就阴了下来，几个人打算等雨过了再回城里，坐下来找厂里的人翻点子。没过多久，刮起了大风，雨却不见下来。选矿厂在坡头风口子上，那天的风特别吓人，吹得瓦片稀里哗啦往下面砸。厂房只有瓦棚，吊顶也没有，一帮子人还从来没有见过这么大的风，一时慌了神，在屋里四处找不到藏身的地方，只有爬上一张民工床躲到蚊帐里面去。当然，蚊帐太过单薄，显然是架不住瓦片的。几个人扯起一床薄棉被，顶在头上。老谭来得晚一些，只能挤在旁边，棉被仅仅盖住他的脑门顶。几片瓦砸下来，划破了蚊帐，掉在扯开的棉被上。肖看见老谭的脸色又变得惨白，跟那晚在乡镇派出所时差不多。接着，老谭忽然嘀咕了一句什么。肖没来得及听清楚老谭说的话，他人已经跳下床了。大家把头顶的棉絮抻高一点，看见老谭把身子一缩，极其敏捷地钻到了床底下。

后来老朱说，他听清楚了老谭嘀咕的话。当时老谭说，狗日的，管不了那么多。然后人就下去了。

当天，选矿厂的人就给了老谭一个绰号，叫"钻得快"，喊顺溜了，就喊成了老钻，或者背后叫他钻鳖。老朱告诉老谭，其实当时他没必要钻到床底。自从他钻到床底以后，瓦片就再没有掉下来。之后大概有七八天，老谭气色低落，神情抑郁。可能他自己也想不明白，只是在床底趴了一小会，怎么这以后人就蔫个没完呢？再说，躲在床上和趴在床下，一板之隔，到底又能有多大区别呢？分明是五十步笑百步嘛。但这事也不好跟人理论。

而老朱，也找准时机，不再称其为谭老板了，一口一个老谭。

其实老谭粗中有细，知道体贴人的。虽然三个人看起来就他最有老板的派头（年届四十，头发锃亮，肚皮微鼓，满脸淫光），但是老谭经常给肖端茶送水，铺床盖被。肖跟他说谢谢之类的话，老谭就满脸慈祥地说，没关系，应该的。有一晚三个人在广林县回不去，就开了三人间。肖洗澡的时候老谭泡了两杯茶，一杯放在肖的床头一杯攥在自己手里。老朱在看电视，擎着遥控板，哪个台有美女就稍稍定格，美女闪过又继续扫荡。老朱偏头一看，看见老谭站在纯水桶旁边。那天老朱脑子一走神，忽然和选矿厂那帮人一样，把老谭叫成老钻。他说，老钻，也帮我沏一杯茶。

等了等，老谭没有动。于是老朱又说，帮我倒杯茶啰。

老谭火气一家伙就蹿上脑门顶了，凑近老朱，双眼瞪得滚圆。他吼着说，朱杂碎，你以为你是谁？有种再叫我一声老钻，我要看看今天到底是谁会往床底下钻。老朱吓蒙了，尽力靠向椅背。现在老谭没有穿上衣，老朱这才注意到，老谭粗壮得可以一只手捏死他。

看了一阵电视，实在没有什么节目。老谭说，没事就打牌好了，打二百四怎么样，五角钱一分。

一块钱一分，五角钱刚够上厕所。肖嫌五角不刺激，有意凑个整。但是看了看老朱，孤零零的一只胳膊，就说，老朱不方便的，我看就算了。

老谭说，你知道个屁，老朱一看就是老牌客，他这人，谁邀他打牌他就会跟别人说，谢谢谢谢。是吗老朱？

老朱说，唔，唔。

老谭就说，怎么样，没说错吧？

一开牌桌老谭就觉得苗头不对。他故意把一堆牌推到老朱身前，示意老朱洗牌，结果老朱没有推辞。老朱一只手洗牌也干脆利索，像赌片里演的一样。老朱仅剩的那只手摊开以后像把蒲扇，尽管指节风干了一样枯瘦，却很灵活。他用一只手抓牌，抓好了就放在桌子前头，这里一沓那里一沓，清清楚楚。抓完牌了，老朱也没把牌拿起来，仍然是一沓一沓放在桌上，肖和老谭清牌的工夫他还闭目养神。

老朱的牌打得确实很好，手性也不错，一上桌就把老谭剃两回。老谭一边掏钱一边说，老朱我的钱你他妈敢拿？现在让你吃草，到时要你下蛋。老朱略带歉疚地说，不好意思，不好意思。

老谭心里非常地疑惑。刚坐下来时，他攒起心机，抢占那个对门靠墙的位置。他觉得自己有四个理由不输给老朱：其一，他坐牢时，同屋有个搞死过人的神汉跟他讲，对门靠墙的位置叫招财进宝位；其二，老朱沓起的牌一眼瞥得清厚薄，无疑在自暴家底；其三，发挥自己狮子吼的功夫，三下两下先把老朱吼晕再说；最后一点，也是最重要的，自己有两只手，比老朱整整多出一只。

可是老朱就是牌好。再者他以前专门放炮的，什么响动没听过？老谭根本吼不晕他。老谭刚把他那一套说词吼了一遍，老朱就全记下了，现学现用。肖发了一对J，老谭拍下一对Q，大吼一声，婊子成双，嫖客输光——奸杀！坐在老谭下手位的老朱麻利地翻出一对A轻轻放下，嘴里还嘀咕。老谭撇撇嘴，说，又没有钱捡，你就是会放哑炮。接下来老朱抢了先手，用一对10做死老谭的一对10，一手赚下四十块钱，还用一副天牌逼杀老谭的单A双K。老谭又被老朱剃翻了一回。往下又打了几圈，老谭这才看出问题：老朱摆桌子上的牌看不出什么规律，只有他自己心里明白，对别人反而是种干扰。老谭要自己别上这个当，可是老朱手手牌都好，把老谭剃来剃去。老谭感叹地说，老朱你狗日的儿子一堆，怎么还长着童子手？老朱说，唔，没有没有。然后示意老谭开钱。

那一天总共打了二十多圈，基本情况是肖保本，老朱吃老谭的。老谭最后三圈留了心眼，输了就说，记账，一起开。三圈下来他又输一百多块钱，就叫停了，不愿开钱。他说散桌不认账，谁不知道这个规矩？

三个人重新坐下来，看电视。老朱憋气，嘴里念念有词，又是骂谭杂碎又是骂钻鳖。老谭知道老朱在不停地骂他，可是又不好回嘴，自己毕竟赖了账的。老谭心里也蛮委屈，想不通怎么占了四个优势还是会输。他自言自语地说，操，白天看见一条好衣服，两百块钱我舍不得买。早晓得这回事，还是买下来好——年计划又要减几个。他的意思是，大不了少加几回床垫。

老朱加进来以后，三个人随时随地都可以打牌。老朱的手气一直很好，牌技又不错，所以老谭输钱的时候越来越多。老谭这人不硬扎，经常找散桌的机会赖些尾账，久而久之，数目积累得有不少。老朱越来越拿他看不上眼，讲话也刻薄起来。老谭赖了账，牌没法打下去的时候，几个人就会开着车到处逛一下。肖开车的时候，老谭不断伸出头去看路边的女人。肖说，又在找你那个王妤吧？老谭说，当然，我一直就死不了心。老朱说，长什么样的，我反正没事，也可以帮你找找。

最漂亮的那个就是，老谭说，别管高矮胖瘦，一条马路谁最漂亮谁是她。

老朱说，喊。

王会计的故事，老朱也听老谭讲过两回。当时老朱并不反驳，老谭怎么说他都微笑着听，还不时赞叹地说，谭老板，行呀你。现在，老朱经常被老谭赖账，心情就不好，不再肯信老谭的那些话了。老朱会说，老谭，你把监狱讲成妓院了。你怕是被关得神经有毛病了吧？老谭不想和老朱理论，自顾讲自己那一套想法。他说，要是和监狱领导关系处得好的话，在监狱里面办起一家发廊，随便找几个猪不吃狗不要的老婊子，也可以哗哗地赚钞票。他们在里面还有挑头吗？随便宰，一千块钱一次不还价。老朱又挖苦说，小谭你他妈就是爱吹。美国克林顿乱搞女人还着人家连天批斗整日游街。他要是晓得你在监狱里搞女人都屁事没有，一定爬过来要和你换着活。

最近，老谭才见识到，老朱嘴巴其实蛮凶。老谭说，我讲我的，又不要你信。你什么都知道，天知一半地知全，就是不知道放炮会炸断手。

然后老朱怎么还嘴,老谭都不理他。老谭撇过头去探出窗外,虚张声势地对路边大喊,你痒吗你痒吗……

他们争吵的时候肖就会笑。肖觉得,这两人之间的关系总是在发生着微妙的变化。

有时,十七八岁的漂亮女孩走过去,老谭就会想起小叶。他问,肖老弟,给你介绍小叶的事还记得吗?肖点了点头。老谭说,有空我们去卫校看她去,你看了绝对不要命地喜欢她。她才十七,身材……老谭一谈到小叶,精神倍增。但他说完也就完了,没有带肖上卫校相亲的意思。肖一直不想把小丽的事告诉老谭,就应和着,随便老谭怎么讲小叶。

老朱又反感起来。他说,老谭你老是讲介绍介绍,我们又不是没时间,你光说不做,不是在调戏人家小肖嘛。

老谭说,我招女婿管你卵事。

老朱对肖说,老弟,你没听出来?

听出什么来?

其实老谭根本就不是想给你介绍,只不过自己想过过口瘾而已。你想一想呐,小叶虽然不是他亲生的,名分上还算他女儿,要是他劈头就说,我那个女儿小叶怎么怎么样,多讲几次,你说,狼子野心是不是包藏不住了?对吧?可要是他先来一句,小肖啊我给你介绍个对象,这样一来,他过他的口瘾,是不是就名正言顺一点?

肖恍然大悟地笑了。老谭的脸色变得不好看,说,不是这样，你们把我当什么人了？

肖说，老谭你尽管放心，不会跟陈姐讲的。

随你讲，大不了离婚。老谭满不在乎，仍然看向窗外，在乱七八糟的行人里搜索美女。

发钱的时候照例要喝一顿酒。有一次老朱难得地大方起来，拍着胸脯说他做东。老谭和肖难得吃到老朱的请，酒喝得开心。三个男人喝到兴头上，七扯八扯聊到了理想。

我就想我的小说能够发表。肖首先说了出来。

老谭就说，你不是发表了50%嘛。他还记得肖说过这话。

肖就挂不住脸，告诉他说，现在写出来的小说都属于没发表的那50%，还有50%都留在后头。

老谭说起他的理想。——我的理想从读小学一年级起就从没变过。我最想有那么一天，被一帮美女捉了去轮奸。虽然那样一来我会很痛苦，可是她们人多势众，我实在没办法，只好让她们尽情凌辱。

喊！老朱用鼻子哼了哼。

肖又问，老朱，那你呢？

老朱说，我还有什么想头，我都这个样了。我就想着把我两个崽盘到大学毕业，心满意足了。

肖说，你的崽多大了？在哪里读？

小的也上大二了，都在北京。

老谭拍了拍老朱的肩头，说，老朱你蛮可以啊，真看不出来，枪法挺准，一枪一个大学生。读的是北大还是清华？

老朱佯作谦虚，他说，哪有那么出息？老大读理工科，在北航，老二读文科，进了师大。

老谭愣了一下。北京的学校他就知道两所，但是一听老朱那种口气，就知道那两所学校肯定也了不得。老谭很快又说，那你也别惯他们，不要多给他们钱，钱多了容易变质。我前回就从电视里看到，甘肃省有个老头——样子跟老朱还蛮挂相，卖血供他崽读书。他的崽拿了钱就去嫖就去赌，还呷毒。搞到后头学校把人开除了，直接就蹲了笼子。

老朱脸色就不好看了。他说，我的崽不是这样，自己的崽自己清楚。

崽都是自己的好，其实自己的崽最难了解。老谭不同意老朱的观点，他指着自己现身说法：我在监狱蹲到第五年了，我妈还到处抗诉，坚信我是被女流氓玩弄了。

老朱阴起脸，问，老谭，那你的崽多大了？

我崽多大了要问崽他妈，我是不晓得。老谭伸了个懒腰，说，当年就算广种薄收，我的崽肯定也要用火车皮装。别人帮我养着，不用我费一丁点神——有些人一辈子当王八，到死都不明白。

捱到十二月，肖和小丽连续赴了几场喜酒以后，心血来潮，突然地订了婚，并着手准备结婚事宜。订婚的第二天，回到三个人的住处以后，肖发现自己一直处于兴奋当中，急着想把这事告诉老谭老朱。他已经很长时间没有这样激动过了——结婚对他来说毕竟是头一次，而且，眼下他还不打算有第二次。但是老谭不在。老朱躺在床上，用一只手抽着烟，又用同一只手翻看着老谭从地摊买来的一本人体艺术画册。肖有些失望。他想，等吃晚饭的时候，再把这事讲出来。要不然，老谭回来他还得再讲一遍。同样的事讲上两遍，就有些无聊了。

老朱撂下画册站起来，给肖打一支烟，是和牌。肖有点奇怪，老朱从来没抽这么好的烟。再看看老朱，表情也很兴奋，喜事临头的样子。老朱说，我的崽要回来。

肖说，唔。

老朱说，两个都回来过年，邀好的，明天早上五点多火车就到柘州站。

肖说，唔，唔。

明天早上，那车借我用用？

肖说，没事，尽管用。我帮你开车，明天你起来叫我一声就行。

那不用那不用。老朱忙不迭地说，不麻烦你了，要他跟我去就行。——咦，钻鳖今天钻哪去了。

下午，老朱去品牌店买了一套衣服，上夹克下西裤，还专门配了一件银灰色的衬衫。出了品牌店，老朱在地摊上买了一条色泽花哨的领带。回来以后老朱就不断地试穿。他首先是将夹克的拉链拉上，将没有手的那只袖管塞进衣兜里。肖说，不好，一眼看得出来。老朱想来想去，干脆把夹克披着，完整的那只手也从袖中抽出来，塞在裤兜里。肖仔细地看看，这样一来，老朱确实显得健全，还有些小暴发户的气派。老谭这时回来了，进门就问，老朱，捡钱了？把哪个痴呆女人泡到手了？老朱勾了勾手指头，要老谭帮他把领带系上。领带买得不好，上面起码混杂了五种颜色，花不溜秋。老谭摆出对穿着蛮在行的样子，说，没领带还行，像个村支书；一打领带，顶多像个村会计。老朱说，叫你搞你就帮我搞，屁话少讲。是你接崽还是我接崽？

老谭有些不乐意，还是走了过去，把那条花领带系得像模像样。

吃晚饭时，肖想讲自己的事，但老朱不停地讲起两个儿子，从穿开裆裤讲起一直到读大学，讲得自己挺过嘴瘾。老朱见肖没心思听，就跟老谭讲。老谭也不怎么听，表情显得烦躁。肖看看这情景，也就不把订婚结婚的事讲出来了。他忽然明白了，自己当成天大的事情，别人听起来，总是他妈的这么没劲。说出来又有什么意思呢？

次日凌晨，老朱的电子表闹响了，发出鸡鸣声。肖睡眠很浅，一下子醒过来，看见老朱正用一只手麻利地穿着衣，约莫两分钟，就把自己穿好了。老朱喊了一声，老谭，到时间了。老谭睡在靠窗那张床上，没听见，继续迸发出鼾声。老朱只得走过去，要拍醒他。

肖赶紧说，老朱，别叫他，我帮你开车。

老朱扭头看看肖，想起当初肖曾跟自己说过，老谭睡着后碰不得。起初老朱不信这个邪，有一天在老谭睡着后，故意轻轻地拍了一下他的屁股。老谭果然在第一时间里惊醒过来。要是肖不劝解，那天老朱就被老谭打扁了。但现在，老朱像是把那事忘干净了一样，说，不麻烦你了。他随手抓起什么东西，往老谭的身上扔去，正打在老谭肚皮上。老谭条件反射似的坐了起来，虽然睡眼惺忪，但脸部肌肉已经紧张地缩成一团。窗外的天色几乎全黑，有几缕路灯光射进来，照得老谭一张团脸铁青。

你狗日的……老谭回过神，看见老朱扔过来的是一条烟。他说，你就不晓得叫醒我？

叫你你又不醒。老朱说，钻鳖，你真是一脸讨打相。

老谭很快地克制住了愤怒，爬起来缓慢地穿衣，再走过去帮老朱系好那根领带，一边系一边说，这根带子你不用了就给我，我看，拿去给我婆娘拴狗蛮合适。

肖斜躺在床头，看着两人走出暗影重重的房间。老朱照昨天设计好的样子，把夹克当披风披着，点燃一支烟叼在嘴角。老谭耷下脑袋跟在后头，像个吃苦受气的马弁。

过了几天，小丽忽然打来一个电话，说她找到了那个王好。

小丽老早就着手查电信用户电脑资料，寻找王好。名叫王好的人不是很多，柘州有三个，但最大的不过二十六岁，看样子不像。后来她找熟人在俚城查到一个，是用联通手机，131开头的号码，人已经从俚城公安局内退了下来。小丽说，那人差不多退休了。年纪是不是大了一点？

肖想了想，说，年纪有点大，但公安局像是和监狱一条线的，这一点说得过去。哪天我回侢城，你和我找一找那女人。

肖抽空开着车，和小丽回了一趟侢城。两个人都是侢城人。小丽把电脑里王妤的地址抄了下来，还有电话号码。两人几经周折才找到地方。那是一条相当偏僻的里弄，肖下车打听了几个人，才确定王妤就是弄堂口晒着太阳搓着牌的老女人。肖和小丽隔着三十步开外的距离观察那个女人。她活灵活现，嘴上叼着纸烟，还能大声说话。看来她手气不错，肖抽了两支烟，听见她两次推倒牌，说谁谁又放炮了。坐在她对面的那个炮手面色黯淡，手在掏钱嘴却要讨便宜，问她，今天我放你几炮了？她也戗了那人一句，回家问你妈去。

她其实容颜老朽，甚至有点惨不忍睹，即使跟同年龄段的老女人相比，也很逊色。肖留意了她的胸部——他自知这一眼瞥去相当无聊，却还是忍不住朝那个地方看了——隔着几层衣服，仍然看得出来这个中老年妇女乳房下垂得一塌糊涂，改变了整个体形。肖的想象力饶是对她再加以修饰，也难以相信，这个女人当年竟会薄有几分姿色。

肖抽完第三支烟然后走了。他跟小丽说，我觉得不是她。

小丽说，我也觉得。怎么可能？

但是过不久，肖又说，有机会，把老谭带到这里认认。

肖和小丽在柘州买了一整套电器，拖回俚城。老朱老谭也跟车去了俚城，上下车时帮个人手。次日下午，肖和老朱打了商量，叫老谭把车开到一处弄堂口，停下来，坐着等。老朱下车去，往弄堂深处走。老谭问，到这里有什么事？

接一个人。肖说，可能要等上一阵。

老谭一个哈欠就冒上来了。昨晚又通宵鏖战，他随时找机会补瞌睡。他就势躺在驾驶座上，转眼打起鼾来。肖看看他，又往弄堂里面看。整条弄堂格外宁静，没人坐在户外玩牌。老朱早已在弄堂深处消失了，肖抽着烟耐心等待。很久以后老朱重新冒出来。肖隔着车玻璃看见老朱用拇指指一指后面，咦一下嘴。肖就知道，那个女人马上要出场了。

肖拿捏好时间，拧一拧老谭的胳膊。老谭两眼昏花地惊醒过来，问，怎么了？

美女。肖指一指车窗外，说，啧啧，真是漂亮死啦，不比章子怡差。

在哪？老谭麻利地把头伸出车窗。那个女人身板魁梧，抽着纸烟还提着一个藤篮，黑压压地移到跟前。老谭来不及看仔细，张口就说，你痒吗？找我好了……时间紧迫，他把前面那句"我是蠹虫灵"省略不说，只说出后面一截。然后才看清来人的脸。那女人刚喷了一大口烟，脸上烟雾蒸腾。

是你啊谭健美。老女人也大是意外，亲切地说，你这个鬼脑壳从哪里钻出来的？人模狗样了嘛。

唔……老谭突然间像是丧失了语言功能，支支吾吾。老半天他才说，你住在这里啊王会计。

女人坚持要老谭去家里坐一坐，老谭以有事在身为由一再推辞。终于脱身走出那片居民区以后，肖看见老谭呼着气，像盛夏季节里的狗一样，垂下冗长的舌头。离开弄堂口，几个人显得异常沉默，都没有说话。路边时不时走过几个美女，老谭也没心思去惹她们。肖忽然有些后悔，费尽心思安排了这么一场邂逅，结果却成了这样子。他想，老谭大概不会再讲王会计的故事，而自己，大概不会再一心二用地跟小丽做爱了。这对于即将到来的新婚，算得上是好事。再说，老谭有大把的经历，成堆的故事。即使少了一个王会计的故事，也无所谓的。

图书在版编目（CIP）数据

环线车/田耳著. -- 上海:上海文艺出版社, 2020（2023.2重印）
（田耳作品）
ISBN 978-7-5321-7638-0
Ⅰ.①环… Ⅱ.①田… Ⅲ.①中篇小说－小说集－中国－当代 Ⅳ.①I247.5
中国版本图书馆CIP数据核字(2020)第136450号

发 行 人：毕　胜
策　　划：李伟长
责任编辑：江　晔
装帧设计：付诗意
封面插画：何文通

书　　名：环线车
作　　者：田　耳
出　　版：上海世纪出版集团　上海文艺出版社
地　　址：上海市绍兴路7号 200020
发　　行：上海文艺出版社发行中心
　　　　　上海市绍兴路50号 200020　www.ewen.co
印　　刷：上海昌鑫龙印务有限公司
开　　本：889×1194　1/32
印　　张：6.625
插　　页：2
字　　数：127,000
印　　次：2020年8月第1版 2023年2月第2次印刷
Ｉ Ｓ Ｂ Ｎ：978-7-5321-7638-0/I · 6075
定　　价：39.00元
告　读　者：如发现本书有质量问题请与印刷厂质量科联系　T: 52830308